JN062876

湖月訳 源氏物語の世界

島内景二

名場面でつづる『源氏物語』

花鳥社

湖月訳 源氏物語の世界 Ⅰ

名場面でつづる『源氏物語』

目次

はじめに……『湖月抄』でたどる『源氏物語』 8

1 桐壺巻を読む 30

1―1 年立 30
1―2 巻名の由来と、この巻の教訓 33
1―3 光源氏の両親 35
1―4 光源氏の誕生 46
1―5 桐壺更衣の死 51

1―6　更衣の葬儀　61
1―7　帝、亡き更衣を偲ぶ　68
1―8　高麗人の観相　73
1―9　藤壺の入内　78
1―10　光源氏の元服と、葵の上との結婚　83

2　帚木巻を読む

87
2―1　巻名の由来、年立、この巻の教訓　87
2―2　巻頭のナレーション　89
2―3　「中の品の女」の魅力　93
2―4　理想の妻と、有能な官僚の得がたさ　97
2―5　比喩を用いて真理を説く　103
2―6　具体例で、人の心の見分け方を説く　111
2―7　光源氏、空蟬に接近する　117
2―8　帚木の歌　127

3 空蟬巻を読む 133

3―1 巻名の由来、年立、並びの巻 133
3―2 光源氏、空蟬と軒端の荻を垣間見る 134
3―3 空蟬、小袿を脱ぎ捨てて光源氏を逃れる 140
3―4 空蟬の小袿を愛惜する光源氏 146

4 夕顔巻を読む 151

4―1 巻名の由来、年立、並びの巻 151
4―2 冒頭の一文 152
4―3 夕顔の宿 155
4―4 夕顔の花の歌 162
4―5 素性を女に明かさない光源氏 170

4—6　八月十五夜の契りと、庶民の暮らしぶり　174
4—7　何某の廃院にて　179
4—8　夕顔の死　185
4—9　空蝉に、小袿を返す　189

5　若紫巻を読む　198

5—1　巻名の由来、年立　198
5—2　光源氏、北山へ　199
5—3　光源氏、明石の君の存在を聞く　205
5—4　光源氏、紫の上を初めて垣間見る　215
5—5　光源氏と藤壺の密通　225
5—6　光源氏、紫の上を二条院に引き取って育てる　235

6　末摘花巻を読む　243

6―1　巻名の由来、年立、並びの巻　243
6―2　巻頭文　244
6―3　光源氏、末摘花の容貌を見る　248
6―4　末摘花邸の門と松　257
6―5　光源氏、紫の上と戯れる　264

おわりに……　274

はじめに……『湖月抄』でたどる『源氏物語』

『源氏物語』は、『湖月抄』で読まれてきた

森鷗外（一八六二～一九二二）の妹・小金井喜美子（一八七〇～一九五六）が書いた『鷗外の思い出』（岩波文庫）に、印象的な記述がある。

戦争のために疎開する時、活字の本を先に出して、木版本を入れた本箱を後にしたのは、なるべく身近に置きたかったからです。お兄様が洋行をなさる時、女学校入学前の私に置土産（おきみやげ）として下すった『湖月抄（こげつしょう）』は、近年あまり使わなかったので、桐の本箱一つに工合よく納めてあったのを、そのまま出しました。預け先は親類で、鉄筋コンクリートの大きな蔵でした。衣類家具類なども一緒です。（「書物」）

喜美子の『森鷗外の系族』（岩波文庫）には、この「置土産」の『湖月抄』について、さらに詳しく回想されている。「森於菟に」という文章である。明治の人々が『湖月抄』をどのように読んだのかを、ヴィヴィッドに伝えてくれる。

念願のドイツ留学が決まった鷗外は、横浜から出港したが、見送りに来た父に、「これを妹（喜美子）にやって下さい」と言って、「紙包（かみづつみ）」を渡した。中には、鷗外が洋行に際して持参する予定だった外貨のポンドが入っていた。鷗外が留学に出発したのは、明治十七年（一八八四）八月二十四日だった。

帰宅した父から紙包を見せてもらった喜美子が当惑していると、母親が、鷗外の心を教えてくれた。「『源氏』を買ってやりたいといっておいでだし、お前も欲しがっていたでしょう」「きっと置土産のつもりでしょう」と、母が笑いながら言う。喜美子は、母と一緒に、『源氏』を買いに行った。彼女は、数えの十五歳だった。

> お兄い様のお馴染の浅草雷門（かみなりもん）前の須原屋という本屋でした。内へ入るとなつかしい古本の匂いが漂っている大きな店でしたが、『湖月抄』は二種しかありませんでした。一つは無瑕（むきず）、一つは中の二冊ほど表紙の裏が取れて、似た色の代（かわ）りが附けてありまし

た。もっとも発端と表白で、本文ではありません。

「折角（せっかく）お兄い様に買って頂くのですから、善い方にして下さいまし。」

衣食には質素でも、書物はいつも出し惜しみなさらぬのを見つけておりましたから。

（中略）

あの大きな本を机にのせて、読まぬ前からにこにこしておりました。（中略）

それから、お礼の手紙を書いて伯林（ベルリン）公使館宛（あて）に出しました。買った時の話から、どの本箱へ入れたとか、今はどこを読んでいるとか、大抵毎週書いて出す手紙は、ただその事ばかりでした。

鷗外が妹に言った「『源氏』を買ってやりたい」という言葉は、「『湖月抄』を買ってやりたい」という言葉と、同じ意味だったのである。明治の人々にとって、『源氏物語』を読むとは、『湖月抄』を読むことだった。

『湖月抄』があれば、数えの十五歳の少女でも『源氏物語』の原文が味読できたのである。この『湖月抄』は、樋口一葉や与謝野晶子にとっても、『源氏物語』の世界に入るための扉であった。

私自身、昭和五十一年四月に、どうすれば『源氏物語』が読めるようになるかを知りたくて、秋山虔先生の演習に参加した。先生は、「現代語訳だけ読んでも、『源氏物語』の原文は理解できません。『湖月抄』が必要です」と言われた。その日のうちに、神田神保町で、私が『湖月抄』の活字本を買い求めたのは言うまでもない。

『湖月抄』は、五十四帖のほかに、「発端（ほったん）」（総論）、「表白（ひょうびゃく）」（源氏供養）、「年立（としだて）」（光源氏の年齢を基準とした年表）、「系図」などの六冊が附属しているので、全六十巻である。それを一括して、喜美子は買い求めた。「衣食には質素でも、書物はいつも出し惜しみなさらぬ」という箇所からは、鷗外の学問に対する姿勢が窺われる。

それでは、この『湖月抄』とは、どういう書物なのだろうか。『湖月抄』の成立時点まで、さかのぼることにしよう。

天下泰平の江戸時代へ、そして北村季吟の『湖月抄』の成立

『源氏物語』を読むための入門書の決定版である『湖月抄』は、江戸時代に書かれた。

一四六七年の応仁の乱から始まった戦国乱世は、一世紀半の長きにわたって、混迷の時代が続いたが、一六一五年の大坂夏の陣で終わった。

待望久しい「平和」な時代が到来した。この天下泰平の時に、北村季吟(きぎん)(一六二四～一七〇五)は『湖月抄』(一六七三年成立)を著した。

明治時代以降も、『源氏物語』を読む「定番」であり続けた『湖月抄』には、長い戦国時代に、『源氏物語』を読み継いできた文化人たちの祈りが込められている。すなわち、『源氏物語』の主題は、「社会の平和」と「人間関係の調和」である、という基本姿勢である。

なおかつ、『湖月抄』は、視覚的なアイデアに優れていた。『源氏物語』の本文だけの印刷ではなかったのである。鎌倉時代の藤原定家以来、営々と積み重ねられてきた研究の成果が網羅されていて、しかも、わかりやすく整理されている。

本文そのものは、ゆったりと印刷してあり、その行間に、小さな文字の書き入れがある。だから、『湖月抄』の読者は、まさに『源氏物語』の「行間」を読むことになる。

その行間には、何が書かれているのだろうか。紫式部が物語を書いた平安時代と、読者が物語を読む江戸時代で、意味が違ってしまった言葉も多いので、「語釈」(言葉の意味)が、本文のすぐ「傍ら(かたわ)=横」に書かれている。まことに、便利だ。また、動詞の主語は誰なのか、会話文の場合には、誰の発言なのか、それらも、行間に書き込まれている。

これらは、本文の「傍ら」に記された「注釈」なので、「傍注(ぼうちゅう)」と言う。

のぎしきをももてなし給ひけれど、とりた
てゝはかばかしき御うしろみしなければ、こと
ある時は猶より所なく心ぼそげなり
さきの世にも御ちぎりやふかゝりけん世に
なくきよらなる玉のをのこ御子さへ
むまれ給ひぬ。いつしかと心もとなが
らせ給ひて、いそぎまゐらせて御覧ずるに
めづらかなるちごの御かたちなり。一の御子は右大臣の
女御の御はらにて、よせおもく、うたがひなき
まうけの君と世にもてかしづききこゆれど、

『湖月抄』版本（著者架蔵本）のレイアウト（桐壺巻）

むかしのことみこハうつりのきこえしかばきこえてそうり。且又何のてきむかし舎のうち（氾嫩絶也）

右大臣　細　弘徽殿の父なり　師　女御おやさまの中に右大臣のむすめの女御とふかう

まうけのきさき　饌君也東宮アリ　さらにふかきことそあつりつきさうとく

此御母かひにハ　細　黍櫻非ス

馨明德惟馨とそうごと

くそ人の威德を申ひと云

えまや諸人しあふへき

苑　礼記ニ宦ミやつかえもけ内侍

このことく於父は仕

あこうらきう紙に文仕と

いつり　細　女御更衣ハ別腹り

後除して御ふうてそぶふ

べき紙に人も典侍などの

よ御おさはれめしまさらせ

もろりてうろくしきけり。

羅曇甚しき鈴りく

ゆわとのどめりるして

花　御子ひすかどの新説

よる紙御あをあくるめれ

をまうやゞてかいしまさせ

師説　長恨歌に春宵苦短日高起といつつんく

王りうくまんをまふ後称

と言に云のあうて

源氏之　此御かりにハさりしひまべくもあらずさりれ、

大かのとりふんく　細　一の御子ハりさうの御気ぶりく

ハ坊用きの尊んそれさいおりひかくどの

源氏へ　ちみをぞかうくうしりのよ坊がしつし従

基実の御鍾愛あつらく

き緒るうさうあしぞしめらうろ

イ　女若

桐壺女更衣ハさも大納言のむすめなれハ重くしきんと

おんべくのくんかづるべしまべきれてよいおら

ぶらずま坊用しいやひさるすくとてめし

やう　上﨟しきるとく

畜別　日本紀　畜破　纓　御寝などなされとぞ

あれど、まうらうちくまでも御あんせ結あまりさ

さるべきれあそひの坊りくるみてのみを

お前へゆとのみをふてそう

ゆへあうしのゐかくみへやすがまうのある

春昇　万葉　寝あるすく

春進　日本紀　参上　同

をあふあ附よハ坊用とのどめりむらして

そして、本文の上の欄には、本文で描かれている儀式などの歴史的背景、本文で引用されている和歌・漢詩句・仏典の具体的な指摘などがなされている。さらには、鎌倉・室町・安土桃山・江戸前期までの研究を経ても、なおかつ、一つの解釈にたどりつけなかった場合には、対立する解釈が併置されている。それに加えて、本文の「読みどころ」（鑑賞のポイント）が解説されている。まことに、至れり尽くせりである。

これらは、本文の「頭＝上部」に記された「注釈」なので、「頭注（とうちゅう）」と言う。つまり、『湖月抄』は「本文＋傍注＋頭注」の三点セットなのだ。鎌倉時代から江戸時代前期までの長きにわたる解釈の蓄積が、見事に空間化されたレイアウトである。

傍注は、本文を読みながら目に入ってくるので、それほど時間は取らない。というか、傍注がないと、読書が捗（はかど）らない。

それに対して、頭注を読むには、少しばかり時間が必要である。当然、本文を読むスピードは落ちる。ところが、これが、良く出来ているのだ。『湖月抄』の頭注を読んでいるうちに、読者は、「本文に書かれている事柄には、こういう背景があったのだ」とか、「本文に書かれている登場人物の気持ちは、こういうものだったのか」などと、納得できる。読者と作中人物の心が、一つに融け合う。そして、読者は、平安時代の物語の中へと、招き入れられる。物語の中を流れている時間と、読者の生きている時間が響き合い、共鳴する。

『湖月抄』が書かれて以降、『源氏物語』を読むことと、『湖月抄』を読むことは、同じ意味となった。つまり、『湖月抄』を読むことが、取りも直さず『源氏物語』を読むことだったのである。

その具体例として、先ほどは、森鷗外と小金井喜美子のエピソードを紹介した。

川端康成（一八九九～一九七二）も、「哀愁」というエッセイの中で、昭和の戦時中、鎌倉と東京を往復する電車の中で、「湖月抄本源氏物語」を読みふけっていた、と回想している（雑誌『社会』昭和二十二年十月）。「古い木版本」で、「ほぼ半ば二十二、三帖」まで読み進んだところで、日本は降伏した、と書かれている。

「二十二、三帖」というのは、玉鬘（たまかずら）巻か初音（はつね）巻のあたりである。光源氏が男盛り（壮年期）の絶頂を迎え、六条院という豪奢な邸宅を営み、妻や娘たちを住まわせ、春夏秋冬、四季折々の風雅を満喫するあたりである。「古き良き日本文化」を示している巻々を読んでいる時に、近代日本が敗戦の日を迎えたというのが、何とも歴史の皮肉である。

江戸時代に『湖月抄』という決定版が完成する以前の歴史も、少しばかり辿っておきたい。

南北朝期の『河海抄』

『湖月抄』には、江戸時代以前の解釈の歴史が、紙面の許す範囲で取り込まれている。つまり、この物語を読んできた先人たちの解釈が、わかりやすくブラッシュアップされて、『湖月抄』に整理されているのだ。

『湖月抄』の「頭注」には、この物語の生命力に迫り続けてきた「研究者＝読者」の思索が整理されている。それらの先人たちの苦闘の詳細は、拙著『源氏物語ものがたり』（新潮新書）に譲る。

『源氏物語』は、紫式部によって書かれてから二百年ほどして、「研究」の必要性が生じた。時あたかも、「王朝」が終焉を迎え、「中世」という新しい時代が開幕しようとしていた。この時期に現れた藤原定家（一一六二～一二四一）が、『源氏物語』の「研究的な読み方」を切り拓いた。

定家が生きたのは、源平争乱と、承久の乱の時代だった。この混乱期に、定家は、『源氏物語』『古今和歌集』『伊勢物語』などの王朝文学の信頼すべき「本文」を整定した。そのうえで、「本文」に引用されている古典和歌や中国の漢詩を指摘した。この時、『源氏物語』は、「古典」となった。

鎌倉幕府が滅亡し、南北朝の混乱が起きる頃、『源氏物語』研究史上、重要な注釈書が書かれた。四辻善成(一三二六～一四〇二)の『河海抄』である。貞治年間(一三六二～六八)に成立した。

『河海抄』は、一〇〇八年頃に書かれた『源氏物語』の登場人物である桐壺帝が、実在した醍醐天皇(在位八九七～九三〇)を踏まえており、光源氏は醍醐天皇の皇子で、源の苗字を賜った源高明(九一四～九八二)を下敷きにしている、という指摘を行った。この時、虚構の物語と、現実に起きた歴史とを、重ね合わせて読む方法が発明された。

なおかつ、『河海抄』は、『源氏物語』の主題も、摘出した。この言葉は、季吟の『湖月抄』の跋文(あとがき)にも引用されている。

> 真に、君臣の交はり、仁義の道、好色の媒、菩提の縁に至るまで、これを載せずと言ふ事無し。其の趣、『荘子』の寓言に同じきものか。

この物語には、人間社会のありとあらゆる事柄が網羅されている。

四辻善成は、「君臣の交はり」（主君と従者、為政者と被統治者、上司と部下）、仁義の道（親子関係、友人関係）、好色の媒（男女関係、夫婦関係）、菩提の縁（宗教的・精神的な師弟関係）という、人間関係のすべてが『源氏物語』には書かれている、と述べている。私は、この見解に共感して『光源氏の人間関係』という本を書いたことがある。

『源氏物語』は、人間がより良く生きて、より良く死ぬための人生教訓書である、という理解である。

応仁の乱の時代の『花鳥余情』

室町時代は、戦乱に明け暮れた時代だった。一四六七年に始まった応仁の乱は、戦国時代を呼び込んだ。主君と家臣、親と子、兄と弟が、仁義も敬愛もない下剋上の死闘を繰り広げた。

この時代に、現代から見ても卓越した『源氏物語』の注釈書が、続出した。その一つが、一条兼良（カネヨシとも、一四〇二～八一）が著した『花鳥余情』（一四七二年）である。『広辞苑』では、「かちょうよじょう」で項目を立て、「カチョウヨセイとも」と注記する。その

『花鳥余情』の序文を、現代語訳で示そう。

《　楽器には数々あれども、我が国では六絃琴の「東琴（あずまごと）＝和琴（わごん）」が最も格式の高い物とされている。『源氏物語』では、紫の上が、この和琴の名手だった。また、無数の変化に富む色彩の中では、「紫」が最も高貴な色として尊ばれている。そのように、紫式部が書いた『源氏物語』は、「紫のゆかり」の物語として、珍重されてきた。

『源氏物語』は、読めども読めども尽きせぬ感興に満ちている。「玉の男皇子（たまのおのこみこ）」としてこの世に生まれてきた光源氏の物語は、研究すればするほど、その素晴らしさが増してくる。

我が国に誇るべき宝は無数にあれども、その中で最良のものは、この『源氏物語』であろう。これ以上の至宝は、とても思い付かない。『古今和歌集』の真名序（まなじょ）には、「花鳥（かちょう）の使ひ」という言葉があり、「男女関係の媒（なかだち）をする者」という意味で用いられている。『源氏物語』は、この世で幸福に生きたいと願っている男と女を結び合わせる媒介として、有効に機能している。　》

一条兼良は、摂政・関白として、政治の舵取りを試みてきた。だが、応仁の乱の勃発で、庶民を幸福にする政治は崩壊した。その無念さもあって、『源氏物語』や『伊勢物語』の研究に没頭し、いつの日にか、人が幸福に生きられる平和な日々の到来を心から願った。

戦国時代の三条西家の学問

三条西実隆（一四五五～一五三七）は、『細流抄』という、これまた画期的な『源氏物語』の注釈書を著した。和歌の鑑賞や、行間を読む姿勢に卓越したものがある。私が花鳥社から刊行している「新訳シリーズ」は、「行間を読む」点に特色を持たせたが、これは三条西実隆の『細流抄』に学んだものである。

実隆の子が公条（一四八七～一五六三）、その子が実枝（実澄とも、一五一一～七九）。三条西家三代は、源氏学の権威として、中世後期の文化をリードした。公条の著した『明星抄』には、次のように書かれている。

《『源氏物語』には、三角関係と不義密通のモチーフが氾濫している。それなのに、どうして、人が正しく生きる道を教えることができるのか。その理由を、説明しよう。

正しい人の道を説く儒教の「四書五経」にも、悪逆や淫乱のエピソードが書かれている。

同じように、我が国の戦国時代には、惨忍な出来事が数多く起きている。『源氏物語』は、好色や悪逆を載せることで、最終的には、「これでは良くない」と読者に気づかせ、正しい人の道に導く媒介となっている。だからこそ、優れた先人たちが、この物語を「我が国の至宝」とまで絶賛したのである。正しい道徳の教えは、深遠すぎて、人の耳には入らない。だから、物語を好む女性にも親しみやすく、かつ、好奇心を刺激する好色のことを書き、そのうえで、「これでは良くない」と悟らせる方便なのである。

『源氏物語』は、書かれている出来事の表面ではなく、その深いところを読まなくてはならない。『源氏物語』の読者は、幸福に生きることができなかった光源氏や紫の上の「失敗」から、正しい人生を学ばなくてはならないし、学べるはずだ。》

『河海抄』の教えも、『花鳥余情』の教えも、『明星抄』の教えも、すべて『湖月抄』に取り込まれている。

『湖月抄』を学び、『湖月抄』を否定した本居宣長

『源氏物語』を読むことは、明治に至っても『湖月抄』を読むことであった。その『湖月

抄』には、戦乱に明け暮れた「中世」の人々が願った「平和」と「幸福」を手にする道筋が、示されている。

「徳川の平和」(パックス・トクガワーナ)の時代に、『湖月抄』が完成した意義は大きい。『湖月抄』は、平和と、人間関係の調和を、強く訴える書物である。『源氏物語』を読みたければ『湖月抄』を読めば良い、という時代になった。すなわち、人の道を極めるには、『湖月抄』を読めば良くなったのである。

この『湖月抄』を最も深く読み込んだ天才が、江戸時代後期に出現した。本居宣長(もとおりのりなが)(一七三〇~一八〇一)である。三重県松阪市の「本居宣長記念館」には、宣長が膨大な書き込みを加えた『湖月抄』(『湖月鈔』)が残っている。『湖月抄』の精読を通して、宣長は、『源氏物語』を人生教訓と考える『湖月抄』に異を唱え、新しい解釈を示した。それが、『玉の小櫛(たまのおぐし)』(一七九六年成立)に書かれた新解釈であり、「もののあはれ」という主題だった。

最初に『湖月抄』を読み、その上で宣長を読む

現在、市販されている『源氏物語』のテキストや現代語訳では、現時点で考えて、作者である紫式部の執筆意図に最も近いとされる解釈を「一つだけ」示す。当然、複数の解釈を併記しない。

ところが、『湖月抄』は、そうではなかった。「最も妥当な解釈に到るまでに、どのような試行錯誤があったのか」が、正直に示されている。明らかな読み間違いですら、『湖月抄』は、あえて載せている。

それらを含めた『湖月抄』のすべてを精査し検証したからこそ、宣長の新解釈には説得力がある。宣長が「もののあはれ」という主題を発見できたのは『湖月抄』が存在したからなのだ。

本書では、何よりもまず、『湖月抄』の読みを示したい。そして、それを『源氏物語』という未踏峰の登頂に挑むためのベース・キャンプとして設定したい。そのうえで、宣長の知見を紹介し、宣長説がもたらした衝撃を、感じ取りたい。

そのことを通して、本書では、宣長説をも精査・検証したい。宣長を超える「二十一世紀の読み」が誕生するとしたら、この方法しかない、と私は確信している。

『湖月抄』の読み方を知ることから、現代にふさわしい、新しい読み方が姿を現してくる。

【凡例】

一、「名場面でつづる『源氏物語』」というコンセプトのもと、『源氏物語』五十四帖の中から屈指の名場面を厳選し、それらの名場面が、中世・近世・近代と、人々にどのように読まれてきたかを探った。

一、作者の紫式部が『源氏物語』を執筆した当初には、和歌の「掛詞」を除いては、一つの文章には一つの意味しか存在しなかったと思われる。ただし、本文が繰り返し、人間の手で書き写される過程で、本文は乱れ、「オリジナルな原文」を復元できなくなり、解釈の困難な箇所が出現した。

　また、異なる社会体制と異なる価値観が出現した中世・近世・近代では、人々が『源氏物語』に求める「主題」も変化した。その結果、場面の位置づけや、個々の文章の解釈が分かれた、という側面もある。

　このような複数の「読み」の堆積を、そのまま残した貴重な文化遺跡が、北村季吟の『湖月抄』（延宝元年＝一六七三年成立）である。

一、本書で用いる『源氏物語』の本文は、「流布本（るふぼん）」として、近世以降、明治・大正に至るまで、『源氏物語』を読む人々が必ず目を通した『湖月抄』の本文である。

翻刻に際しては、著者の架蔵する版本を用いた。また、『北村季吟古註釈集成』（新典社）に影印されている『源氏物語湖月鈔』（全十一冊）も参看した。

一、本書では、『湖月抄』の本文と傍注を翻刻したが、傍注に記された説の出典を示す書目名称は、紙面の都合上省略した。

一、本文と傍注は、『湖月抄』の表記そのままではなく、仮名づかいは、現在の時点で正しいとされている「歴史的仮名づかい」に改めた。また、適宜、漢字を平仮名に、平仮名を漢字に改め、ルビを振り、送り仮名を加えた。

一、『湖月抄』の［本文＋傍注］のあとに掲げた［湖月訳］は、『湖月抄』の本文と傍注だけではなく、『湖月抄』の「頭注」に書かれている内容も加味してある。［湖月訳］の中に、直前の［本文＋傍注］からだけでは導き出されない訳文があれば、そこが「頭注」を加味した部分である。

頭注によって加味した部分を［　］などで囲み、視角的に明瞭にすることも考えたが、文章の中にも細かく入り込んでいるために、不可能であった。

一、［湖月訳］のあとに記した［宣長説］は、本居宣長の『玉の小櫛』（寛政八年＝一七九六年成立）に記されている説である。また、宣長が膨大な書き込みを加えた『湖月抄』が、松阪市の本居宣長記念館に所蔵されているが、それも絶えず参看した。

［宣長説］においては、『湖月抄』と『玉の小櫛』の解釈の違いを浮き立たせるように工夫した。

一、［評］は、『湖月抄』と宣長説の対立に関する私見と、『源氏物語』の当該場面に関する私見を述べた。

一、『源氏物語』の素晴らしさは、いつの時代の読者にも、新鮮な感動を与え、生きる喜びを与えてくれたことにある。それに加えて、混迷する社会情勢の中で、文明の進むべき道筋を提示してくれた。二十一世紀の『源氏物語』にも新しい主題解釈が可能であるし、それを模索することの大切さを、『源氏物語』の読まれ方の歴史は教えている。本書が、その一助になれば幸いである。

湖月訳 源氏物語の世界 I

1　桐壺巻を読む

1—1　年立……物語の場面構成

『湖月抄』の版本は、全六十巻（六十冊）から成る。大きな箱に入れなければ収納できない。そのうちの二冊は、「年立・上」と「年立・下」である。「年立」とは、光源氏の年齢を基準として作られた、物語内部の出来事の年表のことである。なおかつ、『湖月抄』では、その年に起きた出来事が、逐一、箇条書きされている。これが、そのまま、その巻の「梗概＝粗筋」を兼ねているのが優れた趣向である。たとえば、次のように列挙されているのが、「光源氏の年立」である。誕生から七歳までを、現代語訳しておこう。

《六条院誕生の年（当歳＝数えの一歳）

「六条院＝光源氏」は、桐壺帝の皇子。母は、桐壺更衣。彼女は、大納言の娘である。

更衣は、桐壺帝に寵愛されること甚だしく、玄宗皇帝が楊貴妃を寵愛して国が乱れた前例が噂されるほどだった。「前世からの深い宿命があったのだろう、玉のような男皇子がお生まれになった」とあるのが、六条院の誕生である。

二歳

三歳

若宮（＝光源氏）、着袴。

夏、母の更衣、病悩。

更衣、「輦車の宣旨」を許されて内裏を退出し、すぐに卒去。

若宮、母の喪に服すために、内裏を出て更衣の里（実家）に移る。

亡き更衣、愛宕で葬送され、三位を追贈される。

秋、帝、靫負の命婦を遣わして、更衣の母を弔問。

更衣の母、亡き更衣の形見（装束と、髪上げの調度品）を帝に奉る。

桐壺帝、長恨歌の絵を見る。

帝、亡き更衣を恋慕。

しばらくして、若宮、内裏に戻る。

四歳

春、桐壺帝の第一皇子が東宮となる。後の朱雀院である。母は、弘徽殿の女御で、二条右大臣の娘。

五歳

六歳

若宮、外祖母（更衣の母）と死別。

七歳

若宮、「書始め」。》

登場人物は、いわゆる「源氏名」で呼ばれることが多い。その源氏名と、その巻に登場した時の官職と、最終的な官職とのどちらかが、並記されていることもある。

この「年立」は、桐壺巻の「場面構成＝場面設定」の見取り図にもなっている。

前にも述べたが、「年立」を、箇条書きではなく、普通の文章に書きかえれば、そのまま、その巻の「概略＝梗概」が出来上がる仕組みである。

1―2　巻名の由来と、この巻の教訓

『湖月抄』は、桐壺巻の本文の前に、次のように説明している。

《「桐壺」という巻の名は、「御局は桐壺なり」とある「詞」（散文の中の言葉）から付けられた。源氏の君の母の宮中での局の名称である。また、この巻には「壺前栽」という呼び方もある。こちらも、散文の言葉を用いている。（中略）

この巻のテーマは、桐壺帝が桐壺更衣を寵愛のあまり道理を失った、という部分にある。桐壺帝は、「延喜の治」を行った醍醐天皇が准拠（モデル）であるが、賢帝ですらも、「好色」のゆえに、治世者が最も重視すべき「道理」を見失いやすい。『源氏物語』は、このことを書き記し、我が国の身分秩序の「上の上」に立つ天皇から、「下の下」に位置する庶民に至るまで、「好色に流されず、平生の行いを慎むべきだ」ということを、作者は読者に対して、

教え諭(さと)しているのである。》

大切なポイントが二つある。一つは、巻名の由来である。『源氏物語』には、七百九十五首もの和歌が含まれている。だから、巻の名前に採用された言葉が、散文の中の言葉なのか、和歌の中の言葉なのか、読者は強い関心を示した。

二つ目のポイントは、『湖月抄』の「教訓読み」「政道読み」「政治読み」が、ここで早くも顔を出していることである。民衆を幸福にする責務を負っている為政者は、「好色の戒め」を心がけねばならない、というのだ。

ただし、『湖月抄』の読者のすべてが、この「教訓読み」を受け容れたかどうかは、わからない。少なくとも、『湖月抄』は、「社会＝政治」の正しいあり方を求め続けている読者層を想定している。それが、桐壺巻冒頭の解釈にも反映している。

1―3　光源氏の両親……『源氏物語』が、ここから始まった

［『湖月抄』の本文と傍注］

桐壺巻は、『源氏物語』の主人公である「光源氏＝光る君」の誕生から元服・結婚までを、時間を早回しして、一気に語り尽くす。

その書き出しを読もう。本文は、むろん、『湖月抄』である。ここは、最初の引用なので、『湖月抄』の表記通りに、「本文」と「傍注（ぼうちゅう）」を掲げる。ただし、踊り字（「ゝ」と「〱」）は用いない。また、傍注に記載されている「引用書名＝注釈書名」は省略した。

いづれの御時（おほんとき）にか、女御更衣（ねうごかふい）あまたさぶらひ給ひ

けるなかに、いと（きはめて上臈の品をいふ）やむごと（無止事と書）なききはにはあらぬが、

（桐壺更衣也）すぐれてときめき給ふありけり、はしめより（桐壺更衣より前に）

入内して我こそは寵を得んと思也　弘徽殿の女御など也　妬さま也
われはと思ひあがり給へる御かたがた、めざまし

いひ消して妬む心也　桐壺更衣と同し位也
きものにおとしめそねみ給、おなしほど、それ

げ　かふい
より下らうの更衣たちは、ましてやすからず

下臈の更衣嫉妬の心
あさゆふのみやづかへにつけても、人のこころを

をうごかす也　人の恨をおひぬれば苦しき事ある習也
うごかし、うらみをおふつもりにやありけむ、

更衣也　異例がちなり　尩アツシの字、後漢書ニアリ　里住が
いとあつしくなりゆき、もの心細げにさと

ちにある事也　御門の御心
がちなるを、いよいよあかずあはれなるもの

おもほしとよむべし
におほして、人のそしりをもえはばか

らせたまはず、世のためしにもなりぬべき

御ンもてなしなり、

このように、活字で印刷すると、各行の文字数にはバラツキがあるが、『湖月抄』の版本の実物では、各行がほぼ均一に印刷されているように見えるから不思議である。手書きの文字は、一行あたりの文字数を自在に増減できる。

『湖月抄』の版本は、著者の北村季吟による「手書き文字」を、そのまま木版印刷として「版行(はんこう)」したとされるので、「くずし字」ではあるものの、読みやすい字体である。古典本文の意味を理解し尽くしたうえでの清書なので、筆蹟が明瞭である。「くずし字」の読み方を学びたい初心者には、この『湖月抄』の版本を読むことを、お勧めしたい。

意外なことだが、一つの言葉が完結してから改行するのではなく、一つの言葉を分断して次の行に移ることが多い。これは、本文を、先へ先へと進ませるための工夫なのだと考えられる。読者に、次の行を読んでもらうための工夫である。

句読点は、句点(。)と読点(、)の区別がなく、句読点を打つ位置に、「・」が置かれている。読者は「傍注」を参考にして、文章の意味を考えながら、句点と読点を区別しなくてはならない。「ましてやすからず」の次には、「、」がないが、行末なので、「、」があるような感じで読める。

『湖月抄』の濁点は、明瞭ではない。「はしめ」は「ハシメ」か「ハジメ」か、「おなし」は「オナシ」か「オナジ」か、それぞれ判断に迷う。また、「おほほして」は、傍注の助言を信じて「オモホシテ」と発音するか、それとも「オボホシテ」と発音するかは、読者の判断に委ねられている。私は、傍注にもかかわらず、「オボホシテ」と発音したい。

さて、この「本文＋頭注」によって、文章のおおよその意味が理解できる。次のような現代語訳になるだろう。

《　どの帝の御代(みよ)であったろうか、帝(みかど)がおられた。その帝には、たくさんの女御(にょうご)や更衣(こうい)がお仕えしていた。その中に、この上もなく高い家柄の出身ではなく、それでいて、はなはだ帝の寵愛を受けておられる方がいた。それが、桐壺更衣である。

桐壺更衣より先に入内(じゅだい)して、「我こそは、帝の寵愛を得たい」と意気込んでいた弘徽殿(こきでん)の女御(にょうご)たちは、桐壺更衣のことを妬(ねた)み、悪口を言ったり、憎んだりした。

女御より身分が下で、桐壺更衣と同じ立場の更衣たちは、さらに心穏やかではいられない。桐壺更衣には、帝からのお召しが朝も夜もある。そのため、ほかの更衣たちは、四六時中、不愉快な気持ちになってしまうのだった。

このように、人々の恨みを一身に浴びることが重なったためだろうか、桐壺更衣は、めっきり病気がちになった。とてもはかなげで、実家に下がって病を養うことが多くなった。

そんな桐壺更衣を、帝は、いっそう不憫（ふびん）に思われ、いつまでも身近に置いて見続けたいと思いになって、寵愛なさった。帝の寵愛ぶりは、臣下からの諫言などには耳も貸さないほどだったので、悪い政治の具体例として、世間で問題視されてしまいそうだった。≫

「湖月訳」とは何か

さらに、『湖月抄』には、「本文＋傍注」の上に、「頭注（とうちゅう）」が書かれている。『源氏物語』に書かれている「内容＝粗筋（あらすじ）」を知りたい人は、「本文＋傍注」だけで、先へ、先へと読み進めればよい。ただし、立ち止まって熟考し、今、自分が読んだばかりの文章の「背景」を知りたいと思う読者には、「頭注」を読む選択肢が、オプションとして用意されている。

『湖月抄』の頭注の要点は、次の通りである。

①『源氏物語』は、光る君の母親の人生から、書き始められた。

②「いづれの御時にか」という書き出しは、『古今和歌集』を代表する女性歌人である伊勢の家集『伊勢集』の書き出しの文章を利用している。

③ぼやかして「いづれの御時にか」という時代設定になっているが、この「帝＝桐壺帝」は、醍醐天皇を「准拠」（モデル、下敷き）としている。醍醐天皇には、后が三人、女御が五人、更衣が十九人、あわせて二十七人もの后妃がいた。

④「女御」は「后」（中宮）に継ぐ立場であり、「更衣」は女御に次ぐ立場である。

⑤この場面には、作者である紫式部の、世界を「上中下」に三区分して認識する思考様式が反映している。桐壺更衣より上、桐壺更衣と同等、桐壺更衣より下、という三区分である。

⑥「めざまし」は、漢字では「冷眼」と書く。目にあまる、ということである。

⑦「ましてやすからず」は、「上中下」のうちの「下」の女性たちの性格が良くないことを、批判した言葉である。

頭注には、これら以外にも、さまざまなことが書いてあるが、今は省略する。『湖月抄』の読者は、これらのすべてを、頭に入れることになる。そして、もう一度、「本文＋傍注」を読み直してみよう。すると、先ほど読んだ訳文とは、「本文」から受け取る情報量が大きく変化している。

「本文＋傍注」だけを読むのと比べて、「頭注」まで読むと、三倍以上の時間が必要となるが、解釈は格段に深まる。次のような「訳文」が、おのずと浮かび上がってくる。私は、これを、「湖月訳・源氏物語」と呼び、『源氏物語』を読むスタートラインにしたいのである。このスタートラインは、一六七三年に完成し、昭和まで機能していた。

《『古今和歌集』を代表する女性歌人・伊勢の家集の冒頭文に倣って、「いづれの御時にか」と、この物語を書き始めることにしよう。どの帝の御代であったか、ある帝がおられた。

とは書いたが、読者の方々は、二十七人もの后妃がいた醍醐天皇を念頭に置いた時代設定だと、ご理解いただきたい。帝に仕えているたくさんの女御や更衣たちの中に、この上もない高い家柄の出身ではなく、それでいて、はなはだ帝の寵愛を受けておられる方がいた。それが、桐壺更衣である。

帝には、まだ中宮（ちゅうぐう）がおられなかった。桐壺更衣より先に入内（じゅだい）して、我こそは帝の寵愛を得たいと願っていた弘徽殿（こきでん）の女御（にょうご）たちは、目にあまる帝の寵愛ぶりなので、桐壺更衣のことを妬（ねた）み、悪口を言ったり憎んだりした。

女御より下で、桐壺更衣と同じ身分の更衣たちは、さらに心穏やかではいられない。桐壺更衣には、帝からのお召しが朝も夜もあるので、ほかの更衣たちは、四六時中、不愉快な気持ちになってしまうのだった。女御たちは、大臣の娘なので、桐壺更衣への反発は、それでもまだ、おっとりしているのだが、身分が下のほうの妃たちは、露骨に桐壺更衣を忌み嫌った。

このように、人々の恨みを一身に浴びることが重なったためだろうか、桐壺更衣は、めっきり病気がちになった。とてもはかなげに、実家に下がって病を養うことが多くなった。

そんな桐壺更衣を、帝は、いっそう不憫な女だと思われ、いつまでも身近に置いて見続けたいと思いになり、寵愛なさった。帝の寵愛ぶりは、臣下からの諫言などには耳も貸さ

ないほどで、目にあまったので、悪い政治の具体例として、世間で話題になってしまいそうだった。》

どうだろうか。物語に登場する人間たちに、血が通ってきた。

弘徽殿の女御の反発と、桐壺更衣と同等、あるいは身分の低い女たちの露骨な悪意に囲まれて、桐壺更衣は心を病み、体を病んだ。しかも、女たちだけではなく、公の政治に参画する男性貴族たちまでが、帝の桐壺更衣への寵愛を批判し始めた。こちらは、嫉妬ではなく、正義と倫理を根拠とした批判なので、ある意味で、女たちの嫉妬よりも厳しい。

公的にも、私的にも、四面楚歌で苦しむ桐壺更衣の心の中。そして、「自分には桐壺更衣しか愛せないのだ」と思い込み、高まる批判には耳を貸さず、桐壺更衣への寵愛を止めない帝の心の中には、いったい何があるのか。

読者は、「湖月訳・源氏物語」によって、『源氏物語』の根底に触れ始めることになる。

［宣長説を加味する］

北村季吟が『湖月抄』を完成させたのは、延宝元年（一六七三）のこと。それ以来、

『湖月抄』は爆発的に読まれ、六百五十年以上も昔に書かれた『源氏物語』に、新たな命を吹き込み、「江戸時代の現代文学」として復活した。

この『湖月抄』を最も熱心に、最も深く読み込んだのが、本居宣長である。彼は、『源氏物語玉の小櫛』（略称『玉の小櫛』）を、寛政八年（一七九六）に著し、百年以上も前に書かれた名著『湖月抄』を、抜本的に批判した。

中でも、『湖月抄』の主題解釈には、真っ向から反対した。教訓読み・政道読みを根本から否定し、物語は教訓書ではない、と主張した。そうではなくて、「もののあはれ」が主題なのだ、と提唱したのである。

宣長は、加えて、表現解釈の面でも、『湖月抄』に膨大な異を唱えた。

それらの批判は、現代では、妥当なものだと認定されている。本書では、「湖月訳」を掲げたあとで、宣長の批判の要点を箇条書きする。ただし、宣長の批判を取り込んだ訳文の作成は、本書の読者にお任せしたい。

実は、この作業を実行して、見事な英語訳を完成させたのが、アーサー・ウエーリである。

とは言っても、ご安心あれ。現在、市販されている『源氏物語』の訳文は、このようなプロセスで出来上がったものなので、ウエーリの英語訳のほかにも豊富に存在している。宣長の見解をほとんどそのまま取り込んだのが、現代の研究書であり、現代語訳なのである。

さて、この箇所への宣長の批判は、次の通り。

①実在した醍醐天皇を、桐壺帝の准拠とするのは間違い。『源氏物語』は、すべて創作であって、いわゆる「昔話」である。
②「めざまし」は、「そんなことがあってよいのか」と憤る気持ちを表す。
③「人の心を動かし」は、桐壺更衣より身分が下の女たちだけではなく、上臈（じょうろう）・中臈（ちゅうろう）も含めた全員が、更衣の存在を不快に感じているのである。
④「あつしく」は、体が弱く、病気で苦しんでいる様子を表す。

なるほどと、思われる指摘ばかりである。

ただし、『源氏物語』の読者は、虚構の桐壺帝の背後に、実在した醍醐天皇の姿を重ねて読んできた。これには、長い歴史がある。

宣長は、『湖月抄』の解釈を念頭に置きつつ、『湖月抄』を否定した。だから、現代の私たちが、宣長が最終的に「良し」とした解釈のみで『源氏物語』を読めば、『湖月抄』によって『源氏物語』を読み継いできた歴史も、否定されることになる。

実は、『湖月抄』に流れ込んでいるのは、藤原定家以来の中世の文化人たちの解釈の総体なのである。

本書の「湖月訳・源氏物語」は、藤原定家以来、十八世紀までの『源氏物語』を復活させる意図を持っている。宣長の異論も加味するので、宣長が否定したかった文学観・文明観が何であったかが、宣長説だけを読むよりも、明瞭になるだろう。

1―4　光源氏の誕生……主人公が登場する

[『湖月抄』の本文と傍注]

前(さき)の世にも御ン(おほん)契(ちぎ)りや深(ふか)かりけん。世になくきよらなる〔清の字也　ほめたる詞也〕、玉(たま)のをのこみこ〔源氏の君誕生也〕さへ生(む)まれ給ひぬ。「いつしか」〔御門御心也　いつかと云ふ心也〕と心もとながらせ給ひて、いそぎまゐらせて御覧ずるに〔源氏の君を御門の御覧ずる也〕、めづらかなるちごの御(み)かたちなり。一のみこ〔朱雀院也　源の御兄也〕は右大臣(うだいじん)の女御(にようご)の御腹(おんはら)にて、よせおもく〔寄重(よせおもく)縁(よせ)外戚がたのおもおもしき也〕うたがひなき儲(まう)けの君と、世にもてかしづき聞こゆれど、此の御ン〔源氏也〕にほひには、並び給ふべくもあらざりければ、おほかた〔大体のといふ心也〕のやんごとなき御ンおもひにて〔一の御子は、もとよりの御覚えばかりと也〕、このきみ〔源氏也〕をばわたくしのものにおぼほしかしづき給ふ事〔真実の御鍾愛ある心也〕かぎりなし。

［湖月訳］

桐壺更衣と桐壺帝が、この世で情熱的な恋愛によって結ばれたのは、前世（ぜんせ）から決まっていた運命だったのであろう。深い運命の結晶として、これほどまでに清らかな赤子が人間世界に存在するのだろうか、とまで思われる、美しい玉のような皇子（みこ）にも恵まれなさった。二の皇子（にのみこ）である、光る君の誕生である。

真実の恋愛や友情は、前世からの深い契りの結果である、と言われる。そのことは、「君（きみ）と我（われ）如何（いか）なる事（こと）を契（ちぎ）りけん昔（むかし）の世（よ）こそ知（し）らまほしけれ」という古歌にも、詠まれている。また、「玉」は、心の美しさと、容貌の美しさの双方を表す言葉である。帝は、「一刻も早く、自分たち二人の間に生まれた皇子の顔を見たい」と願われたので、更衣の里で生まれたばかりの皇子を宮中に呼ばれて、さっそく御覧になった。その赤子は、比類のない、美しい容貌をしておられた。

この皇子の三年前にお生まれになっていた一（いち）の皇子（みこ）は、後（のち）の朱雀院であるが、母親は右大臣の娘である弘徽殿（こきでん）の女御（にょうご）である。一の皇子は、政界で重きをなしている右大臣の外孫なので、間違いなく、「東宮（とうぐう）」（次期天皇、皇太子）にお就（つ）きになるだろうと、世間では噂し合っている。けれども、このたびお生まれになった二の皇子と並べると、その優劣は一目瞭然で、二の皇子の華やかな魅力のほうが、断然、優れていらっしゃる。

中国古代の『書経(しょきょう)』には、「黍稷(しょしょく)の馨(こうば)しきにあらず、明徳(めいとく)、これ、馨(こうば)し」とある。人間の美しい心は神をも喜ばせる、という意味である。二の皇子の美貌は、神の恩寵ではなかろうか、とまで思われた。

帝も、一の皇子に対して、公的な側面で、一の皇子にふさわしい、重い扱いをしておられるが、二の皇子に対しては、私的な側面で、心からの可愛(かわい)がりようだった。帝の、二の皇子への溺愛ぶりは、誰の目にも明らかだった。

［宣長説］

宣長の反論の一つは、「大和心＝大和魂」を重視し、「漢意(からごころ)」を排除しようとする国学者の基本姿勢の反映である。つまり、『湖月抄』が、『書経』などの漢籍を引用するのは間違いで、『万葉集』や『うつほ物語』など、我が国の古典から類似表現を捜すべきである、と批判する。

もう一つは、王朝の雅びな古典語を、江戸時代の俗語に言い換えようとする宣長の姿勢を反映している。「おほかたのやむごとなき御おもひ」とは、「一(ひと)とほりの」という意味である、と語っている。

［評］　宣長が、漢詩文や儒教の影響を極力排除しようとする努力は認めるが、『源氏物語』の中には、光源氏が漢詩文の一節を朗誦する場面がある。また、桐壺更衣と桐壺帝との死別は、白楽天（白居易）の『長恨歌』を、明らかに踏まえている。

『湖月抄』の「政道読み」は、儒教の教えと通じている。また、『湖月抄』などが、『源氏物語』を恋愛を通して悟りの境地（＝菩提）に至る「菩提の縁」だと把握していることは、仏教の教えに通じている。宣長は日本古来の教えである神道を奉じているから、仏教や儒教を排除したいのだが、それには限界があろう。

宣長が唱えた「もののあはれ」は、『源氏物語』そのもののテーマから離れているのではなかろうか。「もののあはれ」は、これまでも、これからも、どこにも存在しない「幻（まぼろし）＝理念」なのだと、私は考える。幻だから、宣長は心から恋い焦がれ、憧れた。

1―5　桐壺更衣の死……物語に頻出する「死」のモチーフ

光る君（若宮）は、数えの三歳で、「着袴（ちゃっこ）＝袴着（はかまぎ）」の儀を行った。幼児から少年へと移行したのである。一の皇子（朱雀帝）にも劣らぬ盛儀だった。その年の秋、桐壺更衣は病が重くなり、宮中を退出して、里に下がるが、まもなく逝去する。これが、『源氏物語』で最初に書かれた「死別の場面」である。

［『湖月抄』の本文と傍注］

『湖月抄』の本文は、場面が変わっても、改行することはない。むろん、冒頭一字下げもない。

また、『湖月抄』では、和歌が始まる箇所のみは、前の行と改行してあるが、和歌が終わっても、すぐに続けて、一字の空白もなしに、次の文章が書き始められる。ただし、本書では、和歌の終わりで改行した。

限りあれば（別れを惜しませ給ふとても、その限りあればと也）、さのみも、えとどめさせ給はず、御覧じだに送（更衣退出を也）らぬおぼつかなさを、言ふかたなくおぼさる。いと匂ひやか（更衣の体也）に、うつくしげなる人の、いたう面（おも）やせて、「いと哀れ」と、物を思ひしみながら、ことに出でても（詞に出してはいひやらぬ也）聞こえやらず、あるかなきかに消え入りつつ（消え入りておはします心也）ものし給ふを御覧ずるに、きし方行末（御門の心也）おぼしめされず、よろづのことを、泣く泣く契りのたまはすれど、御いらへも、え聞こえ給はず（更衣、返答も、えし給はぬ也）。まみ（目也）なども（めのあたり、まばゆき体也）、いとたゆげにて、いとどなよなよと（よわげなるさま也）、われかのけしきにて臥（ふ）したれば、「いかさまにか」（御門御心　何としてか更衣の病をたすけんと也）と、おぼしめしまどはる（迷也）。輦車（てぐるま）の宣旨（せんじ）など、のたまはせても、又、入らせ給ひては、さらに許させ給はず。『限りあらん道にも、後れ先立たじ』（死する道をも諸共にこそと、契らせ給ひしと也）と契らせ給ひけるを、さりとも、打ち捨てては、え行きやらじ」（たとひ病気おもくとも、帝を捨てては更衣の里へ、えゆかれじと也）とのたまはするを、女（更衣）も、「いといみじ」（悲しく見奉る也）と見奉りて、

（更衣）限りとて別るる道の悲しきにいかまほしき（生きたきと也）は命なりけり

「いとかく、思う給へましかば」と、息も絶えつつ（句を切るべし）。聞こえまほしげなることはありげなれど（御門へ申したき事ありさうなれどと也）、いと苦しげに、たゆげなれば（更衣の、え言ひやらで、苦しく、たゆげなる也）、「かくながら（御門心）、ともかくもならんを御覧じ果てん」（そのまま禁中にて更衣の生死を見果てんとおぼしめす也）とおぼしめすに、「今日（けふ）はじむべき祈り（修法加持也）ども、さるべき人々（然るべき験者ども也）うけ

たまはれる。今宵より」と聞こえ急がせば、わりなくおもほしながら、まかでさせ給ひつ（ここにて、実に退出也）。御胸（御門）のみ、つと（頓てと云ふに同じ）ふたがりて、つゆ、まどろまれず、明かしかねさせ給ふ。御使ひの行きかふ（交加 ユキカフ）ほど（ゆきかへる也）もなきに、なほいぶせさを、限りなく（心もとなき也）のたまはせつるを、「夜中（よなか）うちすぐるほどになん、絶え果て給ひぬる（更衣逝去也と、里の人々泣きさわぐ也）」とて泣き騒げば、御使ひも、いとあへなく（最無敢イトアヘナシ）て、帰り参りぬ。聞こし（御門也）めす御心まどひ（御愁歎のさま也）、何事もおぼしめしわかれず、こもりおはします。

［湖月訳］

桐壺帝は、いつもお住まいの清涼殿から、桐壺更衣の局（後涼殿）まで出向かれた。病の重い更衣が里に下がるまで、少しでも長く顔を見続けていたいとお思いになるが、どんなに時間があっても、心の中の思いをすべて伝えることはおできにならない。刻一刻と、別れの時間が近づき、とうとう更衣が宮中を退出する予定の時間となった。

帝は、宮中のしきたりのために、里に下がる更衣を、最後まで見送ることができないので、心の中は言いようのない不安でいっぱいになる。これまで、帝の目に映っていた更衣は、体の中から発散する華があり、かわいらしい女性だった。その人が、長い闘病で、すっかり面やつれしてしまっている。彼女は、我が身に迫りくる死を予感して、「たいそう悲しい」と思っているのであろうけれども、もはや、言葉に出して、自分の気持ちを口にする気力と体力が残っていなかった。

『万葉集』に、「言に出でて言はばゆゆしき山川の瀧津心を堰きぞかねつる」という歌があるが、心の中の思いを言葉に出せないつらさは、まことに察するにあまりある。

更衣は、生きているのか、いないのか、もはや自分ではわからない状態で、今にもその命が失われようとしている。それを御覧になる帝は、更衣との出会いから現在まで、二人が共に生きてきた時間、これから二人で共に生きていこうと願っていた時間が、一挙に失われたかのような喪失感に捕らわれなさる。

それまで無言だった帝は、突然に、饒舌（じょうぜつ）になり、たくさんのことを更衣に向かって約束し始められる。それを聞く更衣が、元気を取り戻してくれるように願ったからだろう。けれども、更衣の口から、返事は返ってこなかった。

更衣の目のあたりは、いかにもまぶしそうで生気がない。もともと華奢（きゃしゃ）な体つきだった人が、体力が弱り、いっそう、なよなよとして、帝の前でもきちんとした姿勢を保つことができないでいる。自分と他人の区別も付かないほど、意識が朦朧（もうろう）として、臥（ふ）せっている。それを見る帝は、「これから更衣は、どうなってしまうのだろうか。何としても助けてあげたい」と、気が動転してしながらも、更衣の恢復（かいふく）を願わずにはいられない。

更衣の局でお別れしたあとで、帝は、自分のお部屋にお戻りになり、更衣が特別に、「輦車（てぐるま）」に乗ったままで、宮中（後涼殿）から退出しても良い、という宣旨（せんじ）を出すように、官僚に命じられた。これは、女御などにしか認められない特別の待遇である。このことの前例としては、仁明（にんみょう）天皇の御代（みよ）に、藤原澤子（たくし）が、病のために輦車（てぐるま）で退出することが許されており、没後には桐壺更衣と同じく、「三位（さんみ）」を追贈されている。

「輦車（てぐるま）の宣旨（せんじ）」を出すように命じられた帝は、再び、更衣の局までお戻りになり、更衣とのお別れを惜しまれるので、更衣は里に向かって出発することができない。

帝は、「いつか必ず、人間には命が尽きる時が来る。その時には、二人一緒に、あの世に旅立とうと、あなたは、あれほど固く約束してくださったではないですか。たとえ、病が重かったとしても、どうして、私一人を宮中に残して、あなただけが、里に行ってしまわれるのですか」と、おっしゃる。

女は、そんな男を見上げて、「私も、ひどく悲しい」と思っているようすだったが、息を継ぎ継ぎ、必死に、言葉を口にした。それは、和歌であった。

　限りとて別るる道の悲しきにいかまほしきは命なりけり

（どんなに生きていたいと願っていても、人間には定命（じょうみょう）があります。私は愛する人たちと別れて、一人、死出（しで）の旅に出るのが、悲しくてなりません。私は、死出の旅に行き（い）たくはないのです。私は、もっと生き（い）ていたい。私に命が、もう少しあったならば。）

女は、歌を口にしたあとで、「このようなことになるのだと、わかっておりましたのならば……」とまで、口にして、そこで力が尽きて、もはや一言も話せなくなった。必死に、何かを言い残そうとしている更衣を御覧になった帝は、女の全身から力が抜け落ちている様子に衝撃を受け、「このまま、里に下がらせず、宮中で、この女の最期を見届けよう」とまで思い詰めておられる。

けれども、宮中を死の穢れで汚すことはできない。更衣の里の者たちも、「今日から、更衣様の健康恢復を祈る加持祈禱が、里で始まることになっております。霊験あらたかな僧侶や験者たちが、既に揃っていて、更衣様が里にお戻りになるのを、今か今かと待っております。今晩から始めねばなりません」と奏上して、更衣の帰宅を催促するので、帝は、どうすればよいかわからない絶望感に捕らえられながら、とうとう、更衣が里に戻ることをお認めになった。

長い別れの場面が、ここで終わり、更衣は、帝と若宮と別れ、彼女の母の待つ里に戻っていった。仏教の説く「会者定離」とは、まさに、このことだろうと思われた。

宮中に一人残された帝は、急に胸が苦しくなって、まったくお眠りになれない。季節は夏なので、夜は短いのだが、短い夜を明かしかねていらっしゃる。

帝は、更衣の里に、使者をお遣わしになって、更衣の今の様子を知ろうとなさる。その使者が、報告を携えて、更衣の里から宮中に戻ってくるのを待ちきれず、心の中で膨れ上がってくる不安を、何度も何度も口にしていらっしゃる。

待ち望んだ使者が、やっと宮中に戻って来て報告した。「夜中を少し過ぎた頃でございました。更衣様の実家の者たちは、口々に、『ああ、お亡くなりになってしまわれた』と泣き叫んで、大混乱になっておりました」。使者は、良い報告を帝に持ち帰ることができず、力を落として帰参したのだった。まことに、「有為転変」の理を表した出来事だった。

その報告をお聞きになった帝は、激しく心が動揺し、理性も分別も失い、一人、お部屋の中に閉じこもってしまわれた。


【宣長説】

「まみなども、いとたゆげにて」は、今で言う「だるき」ということで、目つきがだるげに見える、病人の様子を表している。

帝の「いかさまにか」は、今で言う「これは何とせうぞ」という意味である。

「さりとも、打ち捨てては、え行きやらじ」は、更衣が里へ行くことではなく、死んで、あの世へ行くことを意味している。

「御胸のみ、つとふたがりて」の「つと」は、「頓て」ではなく、今で言う「ちっと見ている」という時の「ちっと」である。

「あへなくて」は、今で言う「張り合ひなく、力の落ちたる」という意味である。宣長は、平安時代の古語を、江戸時代の俗語へと意識的に置き換え、わかりやすく説明している。

【評】『湖月抄』は、更衣が「『いと哀れ』と、物を思ひしみながら、ことに出でても聞こえやらず」という状態であったことに関して、「この言葉は、まことに哀れ深い。言外の余情を、読者は味わうべきだ」と述べている。読者は、ここで、本文をもう一度、じっくりと読み直し、更衣になりきり、彼女の心の悲しみを自分自身の悲しみとして追体験しようとする。この時、読者の心は、死を目前にした更衣の心と一体化し、彼女の思いを理解する。

また、『湖月抄』は、更衣の歌に関して、「更衣の歌の意味だけを理解すればよいというものではない。この歌に対して、帝が、その場で返歌をできなかった動揺と迷いの大きさを読み取るべきである」と述べている。

それにしても、更衣は帝に、何を言いたかったのだろうか。「息も絶えつつ、聞こえまほしげなることはありげなれど」。後に残る帝への感謝の言葉か。我が子光源氏のことか。桐壺更衣の心と一体化している読者には、きっと更衣の「言葉にならなかった言葉」が聞き取れるだろう。

1―6　更衣の葬儀……「なくてぞ」という引歌（ひきうた）

亡くなった桐壺更衣の葬儀は、鳥辺野（とりべの）の「愛宕（おたぎ）」で執（と）り行われた。これが、『源氏物語』で描かれた最初の葬儀である。

［『湖月抄』の本文と傍注］

限りあれば、例の作法（葬送の作法也）に納（おさ）め奉（たてまつ）るを、母北の方、「同じ煙りに（更衣と共に死なんと也）も上（のぼ）りなん」、と泣き焦（こ）がれ給ひて、御（おん）送りの女房（にょうばう）の車に慕ひ乗り給ひて、をたぎ〔愛宕、又、愛当　山城国也　鳥辺野を云ふ也〕といふ所に、いといかめしう、その作法したるに、おはし着きたる心地〔更衣母北の方、おはしつきたる也〕、いかばかりかはありけん〔草子地に察して言へり〕。「空しき御骸（おんから）を見る見る、猶（なほ）、おはするものと思ふが、いと甲斐（かひ）なければ、灰（へ）になり給はんを見奉りて、今は亡き人と、ひたぶる〔一向也〕に思ひなりなん」と、さかしう〔かしこげに也〕のたまひつれど、車より落ちぬべう惑ひ給へば、「さは思ひつかし」〔送りの女房達の、さやうにあらんと思ひし事よ、と〕と、人々、もて〔なり〕わづらひ聞こゆ。内より〔禁中より也〕、御使ひあり〔葬所へ勅使をたてらるる也〕。三位（みつ）の位（くらゐ）、送り給ふよし、勅使（ちよくし）来て、その宣命（せんみやう）よむなん、悲しきことなりける〔草子地〕。女御（にようご）とだに、言はせずなりぬるが、あかず、くちをしうおぼさるれば、いまひときざみ〔更衣は四位、女御は三位也〕の位（くらゐ）をだにと、贈らせ給ふ〔これは、いはれを〕なりけり〔釈したる詞也〕。これにつけても、憎み給ふ人々多かり。物思ひ知り給ふ〔分別ある人也〕は、さま・かたち〔更衣の事也〕などの、めでたかりしこと、心ばせのなだらかに、目やすく〔みよきさま也〕、憎みがたかりしことなど、今ぞ〔字眼〕、おぼしいづる。さまあしき御（おん）もてなしゆゑこそ、すげなう、そねみ給ひしか、人がら〔更衣の也〕のあはれに、なさけありし御心（みこころ）を、うへの女房〔御門に仕へ申す女房也〕なども、恋（こ）ひしのびあへり。「なくてぞ」とは、かかる折（をり）にや、と見えたり。

［湖月訳］

更衣の母北の方は、亡くなった娘の死を認めることができず、火葬などしたくなかったのだが、いつまでも亡骸(なきがら)をそのままにしておくことはできない。仕方なく、作法通りの葬儀を執り行うことになった。

母君は、「娘と一緒に、私も焼いてほしい。娘の亡骸を焼いた火葬の煙と一緒に、私も煙となって、空に上(のぼ)ってしまいたい」と、身悶(みもだ)えしながら泣き伏していらっしゃる。女房たちが、亡き更衣の亡骸を野辺送りするために、火葬場に向かう牛車に乗り込もうとしていると、母君は、突然、「私も見届けたい」とおっしゃって、牛車の中に、強引に乗り込んでしまわれた。

更衣の火葬は、鳥辺野(とりべの)の愛宕(おたぎ)（現在の六道珍皇寺(ろくどうちんのうじ)、六道の辻(つじ)のあたりである）で行われた。いかにも「葬儀」という荘重な式次第で、葬儀が執り行われる場所に到着された瞬間の母君のお心は、いかばかり張り裂けそうであったことでしょうか。

牛車に乗り込む前には、「更衣の命は失われているのに、お顔は生前そのままです。ともすれば、まだ生きていらっしゃると喜ぶのが、空しい。いっそ、火葬されて灰になってしまわれるのを、目の前で見て、お亡くなりになった事実を、はっきりと目に焼き付け、娘の死を受け容れようと思う」などと、虚勢を張って、理性的な発言をしておられた。これは、「燃え果てて灰となりなむ時にこそ人を思ひの止まむ期にせめ」（『拾遺和歌集』）という歌を踏まえての言葉だった。

それなのに、いざ、斎場にお着きになったとたんに、牛車からちゃんと下りることもできず、車から地面にころげ落ちそうなくらいに激しく身悶えしておられるので、付き添いの女房たちは、「こうなるとは予想していた。やはり、お連れするのではなかった」などと、母君をどう扱えば良いのか、困っている。

葬儀が始まった。内裏から、少納言が勅使として遣わされて到着した。亡き更衣に、「従三位」を追贈する由を記した宣命を、おごそかに誦み上げるのが、聞いていて、何とも悲しいことでした。

帝は、更衣を愛しておられ、「いつかは中宮にも」と願っておられたのですが、さまざまな障害があって、「女御」とすら呼ばせることがお出来になりませんでした。そのことが、返す返すも残念なことなので、更衣の四位から、せめて、女御と同じ三位の位を追贈したいと、思し召されたのでした。

ところが、このような帝の愛情をすら、憎らしいと思われる方々も、多かった。むろん、人間の心の機微をよく理解している女性たちは、亡き更衣の姿や顔が美しかったこと、気立てがおっとりとして、嫌いになるのが難しかったことなどを、今になって思い出されるのだった。更衣の生前には、帝の寵愛ぶりがあまりにも常軌を逸していたので、更衣のことが好きになれず、嫉視してしまわれたのであった。また、帝のお側で、お仕えしている女房たちも、亡き更衣が優しい人柄であり、思いやりのある心の持ち主であったことを、懐かしく偲び合うのだった。

「有る時は有りのすさびに憎かりき亡くてぞ人は恋しかりける」という古歌があります。あの人が生きている時には、ちょっとしたことで、憎らしく思うこともあったが、亡くなってみると、恋しく偲ばれてならない、という意味です。更衣に対する評価の変化は、まさに、この歌の通りだ、と思われたことです。

［宣長説］

「泣き焦がれ給ひて」の「焦がれ」は、直前の「同じ煙にも上りなん」の「煙」の縁語である。

「三位の位」は、「みつのくらい」ではなく、文字通りに発音して、「さんみのくらい」

と読む。

【評】『源氏物語』には「草子地」と言って、物語の語り手（あるいは作者）の感想や説明がなされる部分がある。いわゆる「ナレーション」である。本書では、この部分は、「です・ます」の敬体で訳し、その他の部分の常体とは区別したい。

『湖月抄』では、「今ぞ」の傍注に「字眼」とある。「この言葉に留意して、味読せよ」という指示である。更衣が生きているうちは憎悪した人々が、死んだ後になって掌を返すことに、人間の心の真実がある。そこを『源氏物語』から読み取れ、という教えである。

『湖月抄』が「なくてぞ」の傍注に「〽」という記号（庵点）を記しているのは、この部分に和歌の引用があることを示している。このような技法を「引歌」と言う。なお、「有る時は有りのすさびに憎かりき亡くてぞ人は恋しかりける」という和歌は、出典未詳であるが、鎌倉時代初期から指摘されている。『湖月抄』の読者は、この和歌を確実に記憶することになる。『湖月抄』批判の急先鋒

だった本居宣長にも、

有る時は有りのすさびの世の憂さも又偲ばるる山の奥かな

という歌がある。幕末に刊行された萩原広道の『源氏物語評釈』は、この出典未詳の古歌の存在自体を疑っている。けれども、『源氏物語』の注釈書を通して、日本人に浸透した有名な古歌であることは事実である。

1—7　帝、亡き更衣を偲ぶ……『長恨歌』を踏まえる

帝は、秋の夕暮のある日、靫負の命婦という女官を更衣の里に遣わし、母北の方を弔問させた。二人は、亡き更衣の思い出を語り合った。母君は更衣の形見として、髪を結い上げる道具を帝に献上した。

[『湖月抄』の本文と傍注]

かの贈り物（更衣の母の命婦への贈り物也）、御覧ぜさす。「亡き人の住みか尋ねいでたりけん、しるしの釵（かんざし）ならましかば」（御門の御心）、とおもほすも、いと、甲斐（かひ）なし。

　尋ね（御門）行（ゆ）くまぼろしもがな　つてにても玉（たま）のありかをそこと知るべく

絵（ゑ）に描（か）ける楊貴妃（やうきひ）のかたちは、いみじきゑし（すぐれたる絵師也）といへども、筆かぎりありければ、いと匂ひなし（絵は実の形に及ばぬとの心也）。太液（たいえき）の芙蓉（ふよう）・未央（びあう）の柳（やなぎ）も、げにかよひたりし（似かよひたる也）かたちを、からめいたる粧（よそ）ひは、うるはし（麗　ウルハシ）うこそありけめ、なつかしう、らうたげ（労也　いとほしげなる心也）なりしを、おぼしいづるに、〱花鳥（とり）の色（いろ）にも音（ね）にも、よそふべきかたぞなき。朝夕（あさゆふ）の言種（ことぐさ）に、〱（比翼也）羽を並べ、（連理也）枝を交はさむと契（ちぎ）らせ給ひしに、かなはざりける命（いのち）のほどぞ、つきせず恨めしき。

［湖月訳］

帰参した靫負（ゆげい）の命婦（みょうぶ）は、更衣の母君から託された贈り物を、帝の御覧に入れる。亡き更衣が髪を結（ゆ）う際に用いていた道具を御覧になった帝は、「『長恨歌』には、亡き楊貴妃を恋い慕う玄宗皇帝の依頼に応（こた）えて、道士（どうし）（＝方士（ほうし））が冥界まで空を翔（かけ）り、楊貴妃と対面し、その言葉と、形見の品物（釵（かんざし））を持ち帰った、とある。私が亡き更衣の里に遣わした靫負の命婦は、更衣の髪結いの道具を持ち帰った。二つのことは似ているが、まったく違う。亡き更衣がどこに転生しているのか、私は知る由（よし）もなく、どこかに転生しているであろう更衣とは、言葉を交わす術（すべ）も皆無なのだ」と、悲しくお思いになる。生きている人間と死んだ人間が言葉を交わすことは不可能なので、どうしようもないのだった。帝は、歌を口ずさんだ。

尋(たづ)ね行(ゆ)くまぼろしもがな　つてにても玉(たま)のありかをそことしるべく

（更衣の魂が今、どこにあるのか、尋ね出す霊力を持った魔法使いが、この世にいたらよいのに。私が直接に亡き更衣と話をするのは不可能だとしても、魔法使いを介して、更衣の言葉を聞きたいものだ。）

帝の思いは、自然のなりゆきで『長恨歌』へと向かわれる。自分にとっての更衣は、玄宗皇帝にとっての楊貴妃のような、かけがえのない愛の対象だった。その楊貴妃を描いた絵を見たことがあるが、どんな名人芸を誇る絵師であっても、実際の顔とそっくりの肖像を描くことはできないので、描かれた楊貴妃には、生き生きとした華やかさが感じられなかった。『長恨歌』には、楊貴妃の顔は芙蓉(ふよう)（蓮の花）のように華麗で、眉は柳のように細くて妖艶だと喩えられているが、絵からは伝わってこない。

そもそも、楊貴妃は中国の人で、唐風(とうふう)の衣裳も、唐風の顔立ちも、豪華で華麗だったと思われるけれども、亡き更衣は、それと違っていた。更衣は、芙蓉や柳などには喩えることのできない、唯一無二の存在だった。更衣の人柄は奥ゆかしく、かわいらしかった。今は、もう、帝には、どんな美しい花の色にも、どんな綺麗な鳥の声にも、喩えることができなかった、更衣の在りし日の姿や声を思い浮かべ続けることしかできないのだった。『長恨歌』の玄宗と楊貴妃は、天にあらば比翼の鳥、地にあらば連理の枝となって、いつまでも二人一緒に暮らしたいと誓った、とある。自分と更衣も、同じように永遠の愛を誓い合い、約束し合っていたのに、それが叶わず、幽明境を分かった現実を、限りなく恨めしく思うのだった。まさに、仏教の説く「愛別離苦」の教えそのものである。

[宣長説]

「からめいたる粧ひは、うるはしうこそありけめ」とあるのは、楊貴妃は、あまりにも「きっとして固く」、たおやかではない、というニュアンス。それに対して、更衣は、「あいらし」かった、と比較しているのである。

[評] 「尋ね行くまぼろしもがな つてにても玉のありかをそことしるべく」という歌を根拠にして、桐壺更衣の名前(本名)が「玉子」ではなかったかとする説がある。北村季吟が、この説を「秘説」として書き記した紙を額装したも

のを、古書店で見たことがある。

なお、『湖月抄』が「〽」を付けている箇所には、和歌の引用があるが、「湖月訳」では省略した。

1—8 高麗人の観相……予言という伏線

時は流れた。若君が母である更衣と死別したのは三歳の時だったが、六歳で祖母（更衣の母君）とも死別した。七歳で、漢籍を学ぶ「書始め」を行ったが、その才能は超絶していた。音楽の才能も卓越しており、何と言っても美貌は無比のものだった。その頃、大陸から、優れた相人（人相を見る人）が来日した。帝は、その相人に、若宮の未来を占わせることにした。

〔『湖月抄』の本文と傍注〕

そのころ、こまうど（高麗人也）の参れるが中（なか）に、かしこきさうにん（相人也）あり（人の相を見て吉凶をいふ者也）けるを、聞こしめして、宮の内（禁中也）に召さむことは、宇多（うだ）の帝（みかど）の御いましめあれば、いみじう忍びて、この皇子（源氏也）を、鴻臚（こうろ）館（くわん）に遣（つか）はしたり。御うしろみだちて（源氏の後見めきて、めしつかはるる也）つかうまつる右大弁（うだいべん）の子のやうに思はせて、ゐて（将也）奉る（源氏を誘引申す也）。相人（さうにん）おどろきて、あまたたび、かたぶき、あやしぶ（首をかたむけて、あやしぶ也）。「国（くに）の親（おや）となりて、帝王（ていわう）の上（かみ）なき位（くらゐ）にのぼるべき相（さう）おはします人の、そなたにてみれば（帝王の方の相になして見れば、の心也）、乱れ憂(うれ)ふることやあらん。おほやけのかためとなりて（公方のかため也。摂政関白、天子を輔佐し奉る事也）、天下(あめのした)を輔(たす)くるかたにて見れば、また（両説あり）、その相違(たが)ふべし」と言ふ。

［湖月訳］

若宮の卓越した美貌と神才が、人々を驚かせていた頃、朝鮮半島にある「高麗(こま)」から、高麗人(こまうど)が来朝したことがあった。その使節の中に、人の顔を見てその人の未来を占う、優れた「相人(そうにん)」も交じっていた。そのことをお聞きになった帝は、その相人に、若宮の顔を見せて、その運命を占わせようとお考えになった。

ところが、外国の人を宮中に入れることは、極力避ける慣習がある。宇多(うだ)天皇が醍醐(だいご)天皇に譲位する際に示された『寛平御遺誡(かんぴょうのごゆいかい)』には、やむを得ない事情がある場合を除いては、宮中に外国の人を召してはならない、また、会う場合にも、直接に顔を見せるのではなく、簾越しに会見すべきだ、と書かれている。ちなみに、桐壺帝は、『寛平御遺誡』を授かった側の醍醐天皇が、准拠(じゅんきょ)（モデル）である。

帝は、秘かに、第二皇子を、鴻臚館（こうろかん）に遣わして、高麗の相人に占わせることにした。鴻臚館は、七条朱雀（しちじょうすざく）にあり、外国人を接待するための外交施設である。ただし、若宮の身分を隠し、後見人のようなかたちでお仕えしている右大弁（うだいべん）を同行させ、相手には、その右大弁の子どものように思わせて、お連れした。なお、この右大弁は、この物語のほかの場面には見えず、ここだけの登場である。

高麗の相人は、若君の顔を見て、ひどく驚いた。とても右大弁の子とは思えず、はなはだ高貴なお方だと見て取ったからである。そして、何度も首をかしげながら、不思議がった。

相人の結論は、こうだった。「このお方には、国民の親となって、天皇という、最高の位にも昇るであろう、優れた相（そう）がおありになる。ただし、そのような天皇になる相だと思って、よくよく見ると、国が乱れ、このお方も苦しまれる相がある。それならば、天皇ではなく、臣下として、天皇を輔佐（ほさ）する政治家となって、摂政・関白の地位に昇る相かと思えば、それも違っている」。

ただし、この言葉自体は、曖昧であり、何通りにも解釈できる。「天皇になれば国が乱れる」一方で、「臣下として摂政関白となる」道を選べば、国が乱れる悪（あ）しき相がなくなり、良い相に一変する、とも解釈できるからである。

［宣長説］

醍醐天皇の御代に来朝するのは、「高麗」ではなく、渤海国の使節である。
高麗の相人の予言は、臣下の道を選べば悪しき相が消えるという意味ではなく、天皇になれば国が乱れるが、かと言って最初から臣下になる相でもない、という意味である。

［評］　高麗の相人の名前を、「こもう」とする説が、室町物語の『衣更着物語』に見える。また、「四塚の博士」という呼び名もあるが、これは三条西実隆の『細流抄』が、鴻臚館の所在地を、「今の四塚といふ所の辺なり」と述べたことに依っている。

高麗の相人の判断を踏まえ、帝は、光源氏を臣籍に下し、「源」という姓を賜る決断を下した。賜姓源氏である。ここから、「源氏」の物語が始まる。

物語では、夢のお告げや予言が、その後のストーリー展開の伏線になっている。この予言が、どのように回収されるか、読者はわくわくしながら長編物語を読み進めることになる。

1―9　藤壺の入内……ヒロインの登場

帝は、逝去した桐壺更衣のことが忘れられなかったが、亡き更衣と生き写しの女性がいると聞いて、その女を入内させようと考えた。これが、藤壺である。『源氏物語』のヒロインである藤壺は、桐壺更衣と顔と雰囲気がよく似ているという理由で、物語に登場してきた。「ゆかり」と呼ばれる手法である。

［『湖月抄』の本文と傍注］

年月にそへて、御息所の御ことを、おぼし忘るる折なし。

「慰むや」と、さるべき人々を参らせ給へど、なずらひにおぼ〔更衣と思しなずらゆるもなき也〕さるるだに、いとかたき世かなと、うとましうのみ、よろづに、おぼしなりぬるに、先帝(せんだい)の四(し)の宮〔藤壺也〕の御かたち、すぐれ給へる聞こえ高くおはします。母后〔四の宮の御母　先帝の后也〕、世になくかしづき聞こえ給ふを、上(うへ)にさぶらふ典侍(ないしのすけ)〔たれともなし〕は、先帝(せんだい)の御時(おほんとき)の人にて、かの宮〔母后宮也〕にも、親しう参り慣れたりければ、いはけなく〔四宮の事也〕おはしまし時より、見奉り、今も、ほの見奉りて、「〔典侍、奏する詞〕失せ給ひにし御息所の御かたちに似給へる人を、三代(みよ)(さんだい)の宮仕へに伝(つた)はりぬるに、え見奉りつけぬに、后(きさい)の宮の姫宮〔これまた藤壺也〕こそ、いとようおぼえ〔更衣に似たりと〕

て、おひいでさせ給へりけれ。（云ふ心也）ありがたきかたち人（びと）になん」（かたちよき人、と也）と奏（そう）しけるに、「まことにや」（御門の御心）と、御心（みこころ）とまりて、ねんごろに聞こえさせ給ひけり。（四の宮の御入内の事を申させ給ふ也）

［湖月訳］

帝は、更衣が亡くなってから何年経（た）っても、彼女のことを忘れる時とてなかった。「更衣を忘れられない苦しさが、少しは慰められるかもしれない」と思って、しかるべき家柄の生まれで、女御（にょうご）や更衣（こうい）とするにふさわしい女性を、何人かお召しになったことはおありになるが、「顔も雰囲気も人柄も、亡き更衣と似ている人など、この世にはいないのだな」と、今さらながら思われるので、すべてのことを厭（いと）わしく思われてしまうのだった。

ところで、桐壺帝の前の帝（＝先帝（せんだい））であったお方の「四の宮（しのみや）」（第四皇女）は、その美貌が世間で大きな評判となっておられる。先帝の后で、四の宮の母君に当たられる方は、四の宮をたいそう大切に育てていらっしゃった。桐壺帝にお仕えしている典侍は、先帝の御世も宮中に出仕していたので、先帝の后ともいまだにお付き合いが続いていた。四の宮がまだ幼い頃から、そのお顔を拝見しており、大きくなられた今でも、ほんのちょっとではあるが、お見かけすることがある。

その典侍が、桐壺帝に、このように申し上げた。「私は、これまでに、今上、先帝、先々帝と、三代にわたって、永く宮仕えをして参りました。お亡くなりになった桐壺更衣様と、お顔が似ておられるお方を、宮中でお見かけしたことは一度もありません。それほど、更衣は卓絶して、素晴らしいお方でした。ところが、先帝のお后様が大事に育てておられる姫宮様は、亡き更衣様とまことによく似ておいでです。これほど美貌の女性がいるのだろうかと思われるまでに、成長しておられます」。

ちなみに、桐壺帝の准拠は「醍醐天皇」であるから、先帝は「宇多天皇」、先々帝は「光孝天皇」である。ただし、永く宮仕えしてきたことを慣用句的に「三代」と言ったとも考えられる。

桐壺帝は、典侍の言葉を聞いて、「本当に、そういうことがあるだろうか。もし、亡き更衣と似ているのであれば、ぜひとも入内させて、更衣と似ているかどうか確認したいものだ」と思われ、入内するようにと、熱心に申し入れられた。

［宣長説］

典侍が「三代の宮仕へ」をしたことを、「永く」宮中で働いてきたことを意味しており、必ずしも三代の天皇に仕えたわけではないとする説もあるが、そうではない。ここは、光孝・宇多・醍醐という、天皇三代を意味している。

［評］ 宣長は、桐壺巻冒頭の「いづれの御時にか」を、醍醐天皇の御代とは解釈せず、天皇の名前を当てはめるべきではないと言っていた。この箇所で、「光孝・宇多・醍醐」の三代を指すと言っているのは、矛盾している。

ともあれ、この「四の宮」が藤壺である。藤壺の母は、更衣が弘徽殿の女御に苛め殺されたことを恐れ、娘の入内には気が進まなかった。その母の死去後に、藤壺は入内した。

光源氏は「光る君」、藤壺は「輝く日の宮」と呼ばれ、美しい男女の好一対として、並び称された。年齢的には、藤壺が光源氏よりも、宣長の年立では五歳の年長、『湖月抄』の年立では六歳の年長だった。

藤壺は、帝から見たら、「亡き妻にそっくりな人」であり、光源氏から見れば、「亡き母とそっくりな人」である。死んだ人の命は蘇らないが、亡き人とそっくりな人は現れる。桐壺更衣と藤壺には、血の繋がりはなく、「他人の空似」であった。

1―10 光源氏の元服と、葵の上との結婚……心の通わない夫婦

光源氏は、入内した藤壺が亡き母と似ていると言われることから、藤壺に親しみ、慕った。十二歳で元服し、左大臣の娘・葵（あおい）の上（うえ）と結婚した。

左大臣の北の方（大宮（おおみや））は、桐壺帝の妹である。また、左大臣の長男である頭中将（とうのちゅうじょう）は、光源氏の生涯の親友にして、ライバルとなった。

［『湖月抄』の本文と傍注］

その夜、おとど（左大臣）の御里（おんさと）に、源氏の君、まかでさせ給ふ。作法（婚礼の法也）、よにめづらしきまで、もてかしづき聞こえ給へり。いときびは（源氏のさま也）にて、おはしたるを、ゆゆしう、うつくしと、思ひ聞こえ（左大臣どのの心也）給へり。女君（葵上十六歳也）は、すこし過ぐし給へるほどに、いと若うおは（源氏十二歳）すれば（なれば也）、「にげなく（葵上心也　似合はざる心也）、はづかし」と、おぼいたり（おぼしたると也）。

［湖月訳］

元服の夜、光る君は、宮中から左大臣の屋敷にお下がりになった。左大臣の娘である葵の上との婚儀を、左大臣はこれ以上はないほどに盛大に執（と）り行い、婿となった光る君を大切におもてなしなさる。

ちなみに、元服の当日に、婚礼が行われた前例としては、醍醐天皇の第二皇子である保明（やすあきら）親王や、村上天皇の第四皇子である為平（ためひら）親王などがいる。

素晴らしい婿君を得た左大臣は、光る君が、とても若々しく、少年らしい細い体つきをしていらっしゃるのを、気品があって、かわいらしいと、嬉しく思っている。

一方、この夜、光る君の妻となった葵の上と言えば、自分の年齢が少し、正確には四歳、年上である。このように、光る君が十二歳らしく、若々しいので、「自分と釣り合っていないのが、恥ずかしい」と思っておられる。このような気兼（きが）ねを、これからも葵の上は、光る君に対して感じ続けることになる。

[宣長説]

「ゆゆしう、うつくし」の「ゆゆし」は、『湖月抄』の言うように「ゆゑゆゑし」（気品がある）という意味ではなく、「ゆゆしき大事」という時の「ゆゆし」であって、格段に優れて可愛（かわい）らしい、という意味である。

【評】　光源氏は、自分より五歳（あるいは六歳）年上の藤壺を慕っているが、四歳年上の葵の上とは、しっくりこない結婚生活を送ることになる。彼には、愛さなくてはならない女性（妻）を愛せず、愛してはならない女性（藤壺や空蟬など）に心魅かれる悪癖があった。

なお、後に登場する六条御息所は、『湖月抄』の理解では光源氏よりも八歳年上、宣長の理解では、七歳年上である。

桐壺巻は、母方から相続した屋敷（二条院）を改築し、藤壺のような理想の女性と暮らしたいと願ったという、光源氏十五歳までのことを記して、終わる。

2　帚木巻を読む

2―1　巻名の由来、年立、この巻の教訓

まず、『湖月抄』の説。

「歌をもて、巻の名とす」。「帚木の心も知らでその原の道にあやなく惑ひつるかな」（光源氏）、「数ならぬ伏屋に生ふる名の憂さにあるにもあらで消ゆる帚木」（空蟬）。

「源氏十六歳、中将と申せし時の事あり」。

美濃の国と信濃の国の境に生えている帚木は、遠くから見れば箒を立てたように見えるが、近くから見ると、それらしい木は、どこにも見えなくなる。

『源氏物語』全篇は虚構のように見えて、実際に起きた出来事（真実）を面影にして描かれている。かと言って、全篇が真実であるかと思えば、虚構も交じっている。この二面性

の象徴が、「帚木」なのである。

この帚木巻が、『源氏物語』全篇の「序」の部分である。桐壺巻は、「序」にすら入っていない。

次に、宣長の説。「源氏の君、十七歳の夏の事」と述べて、年立を一歳、変更している。桐壺巻以後の巻における光源氏の年齢は、藤の裏葉巻の「三十九歳」からの逆算であるが、その逆算の際に、玉鬘巻で計算を間違えてしまいやすい。現在では、宣長説が採用されている。ちなみに、宣長は、宇治十帖の薫の年齢も一歳変更している。

ところで、この帚木巻には、有名な「雨夜の品定め」と、光源氏と空蟬との出会いが語られる。

「雨夜の品定め」は、『源氏物語』が批評文学であることを示す重要な部分であり、『湖月抄』が「政道論読み」を展開する根拠とした部分でもある。

2―2　巻頭のナレーション……「草子地（そうしじ）」という手法

帚木巻の冒頭は、「草子地（そうしじ）」から始まる。語り手から読者に対して発せられたメッセージである。語り手の考える光源氏の「本性」が、披露されている。

【『湖月抄』の本文と傍注】

光る源氏、名（な）のみことごとしう。いひけたれ給ふ（云消　あしく云ひなさるる事也）、咎（とが）多かンなるに、いとど かかる好き事ども（この詞より好色の事をいふ）を、末（すゑ）の世にも聞き伝へて、かろびたる（かろがろしき事也）名をや流さんと、忍（しの）び給ひける隠ろへ事（かくれて人にしられまじき事也）をさへ語り伝へけん、人の物言ひ さがなさよ。さるは、いといたく世を憚り（はばかり）、まめだち（実目つくる事也）給ひけるほどに、なよびかにをかしきこと（やはらかにあだめき、風流なる事は）はなくて（なくて也）、交野（かたの）の少将には、笑はれ給ひけんかし。

［湖月訳］

読者の皆さんは、覚えていますか。桐壺巻の末尾は、「光る君といふ名は、高麗人（こまうど）の愛（め）で聞こえて、つけたてまつりけるとぞ、言ひ伝へたるとなん」と結ばれていましたね。

それにしても、「光る源氏」だなんて、名前だけは、たいそうご立派ですね。けれども、世の中では、立派な人や、誉められている人の欠点を見つけて批判することが、好まれているようです。当（とう）の「光る源氏」さんにも、たくさんの揚げ足取り（あげあしとり）がなされているようですね。

これから、この『源氏物語』の巻々で書かれるのは、そういう「表向きは立派だけれども、裏側は欠点がある」という光る君の、恋愛の「しくじり」のエピソード集なのです。本人が、「誰にも知られずに、このまま闇に葬ってしまいたいと必死に隠している、恥ずかしい恋愛沙汰を探し当てて、本人が亡くなったあとまで、世間に弘めようとして張り切って語り伝えている人の――それは、ほかならぬ私自身なのですが――、何と人が悪く、口も悪いことでしょう。

けれども、光る君というお人は、「好色な人間」の見本として知られている在原業平（ありわらのなりひら）とは、違ったタイプの「色好み」でした。業平は、心の中で真実の愛に命を燃やしましたが、自分が色好みであることを隠そうとはしませんでした。光る君は、心の中の色好みを覆（おお）い隠して、表向きは、さも立派な聖人君子のように振る舞っておられたのです。その二面性を知らない世間の人の目には、光る君が、風流で、面白い振る舞いをする人とは気づかれなかったのです。もしも、光る君の偽善的な生き方が、在原業平だけでなく、業平と並び称された「色好み」である「交野（かたの）の少将（しょうしょう）」に見られたら、『好（す）き者（もの）』の風上にも置けない男だな」と、失笑されたことでしょう。

ちなみに、交野の少将も、光る君も、どちらも虚構の人物ですから、彼らが互いを意識することはありえないのですが。

［宣長説］

宣長は、この部分を、「草子地」（語り手のナレーション）とは取らず、光源氏の心の中だと理解している。かなり、無理がある。

逆に言えば、「草子地＝ナレーション」という『源氏物語』の研究用語は、室町時代特有の分析用語なのだろう。室町時代は、『源氏物語』を政道書として、教訓的に読んできた。宣長は、そういう政道論ではなく、「もののあはれ」の発露として『源氏物語』を読んでいる。だから、宣長は、草子地や、物語音読論には、それほど興味がなかったのかもしれない。

ちなみに、与謝野晶子の訳文や吉本隆明の評論を読んでいて、近代人が「草子地」の概念をつかみきっていないのでは、と感じる時がある。

この引用文のあと、帚木巻は、「草子地」を離れ、物語の中に入ってゆく。草子地が、語り手の一人称であるのに対して、物語の部分は、三人称で書かれる。

なお、『湖月抄』が、「咎」を、世の中で名声を博している人は、えてして揚げ足を取られがちであるという理解をしているのに対して、宣長は、あくまで光源氏個人の「好色＝過度な恋愛」への批判である、と捉えている。

政道論として読むか、そうでないかの、根本的な姿勢の違いが、ここにもある。

なお、『湖月抄』本文で、「人の物言ひ」の横に「〽」があるのは、「ここにしも何にほふらむ女郎花人の物言ひさがにくき世に」という和歌が踏まえられている、という指摘である。

2―3 「中の品の女」の魅力……議論の出発点

ある五月雨の夜のこと、光源氏が宮中での滞在所である桐壺にいると、頭中将がやってきて、楽しい恋愛談義が始まる。頭中将は、光源氏に、議論の始まりとなる話題を提供した。

頭中将は、人間の身分を「上・中・下」の三つの品（ランク）に分けた場合に、個性的で、交際し甲斐のある女は「中の品」に多い、と言うのである。

［『湖月抄』の本文と傍注］

「取るかたなく口をしき〔頭中将詞也〕際（きは）と、いう〔優也〕なりとおぼゆ〔ほめたる詞也〕ばかりすぐれたるとは、かずひとしく〔共にすくなきといふ心也〕こそ侍らめ。人の品（しな）たかく生（む）まれぬれば、人にもてかしづかれて、かくるることも多く〔たとひ少々のあしき事も隠ると也〕、自然（じねん）に、そのけはひ〔景気也〕、こよなかる〔事の外にすぐるる事也〕べし。中（なか）の品（しな）になん、人の心々（こころごころ）、おのがししのたてたるおもむき〔各立てたる志のおもむき也〕も見えて、わかるべきこと〔さまざまのわけへだて〕、かたがた多かる〔おほき也〕べき。しものきざみ〔下臈の種姓を云ふ也〕といふ際になれば、ことに耳たたず〔耳にとまらぬ事也〕かし」。

［湖月訳］

頭中将は、光る君に向かって、自分の恋愛体験に基づく女性論を披瀝した。

「世の中にはたくさんの女がいますが、まったく取り柄がなく、どうしてこんななのだろうと残念に思う女と、申し分なく素晴らしいと感嘆してしまうほどの女とは、どちらもめったにお目にかかりません。女の生まれた家の身分で言いますと、「上の品」（上流階級）に生まれた女は、周りから大切にされて、守られていますから、たとえ欠点があったとしても、それが世間に知られることはなく、自然と、とても優れた雰囲気であるという評価がなされてゆくものです。そういう周囲の取りなしがないので、その人間性がはっきりとわかる「中の品」（中流階級）の女たちは、各人の個性や教養が隠しようもなくはっきりと見て取れますから、優れた点も劣った点も、はっきりと区別できるのです。「下の品」（下流階級）に生まれた女は、私たちから見て、特に関心を惹くこともなく、縁のない存在です」。

［宣長説］

『湖月抄』は、「上の品」「中の品」「下の品」の三区分を、女の身分のことと理解しているが、宣長は、身分の「上・中・下」よりも、女の心向け（気質）の「上・中・下」の差異に着目している。

宣長は、身分の「上・中・下」のうちの「中の品」の女に限定して、女たちの心の持ち方の「上・中・下」の差異を論じたのが、この「雨夜の品定め」である、と理解しているのだ。

［評］「1―3」でも、紫式部は、後宮の女性の秩序を、「桐壺更衣よりも上の女御」、「桐壺更衣と同等の更衣たち」、「桐壺更衣よりも下」と、三区分していた。「2―3」でも、女性を上・中・下の三つの品に分類している。紫式部の世界認識・人間認識の特徴は、「三区分」であると思われる。

帚木巻の本文を読んでも、身分の上・中・下と、心向け（心ざま）の上・中・下が、混同されているように感じる。そこで、解釈が別れるのだろう。『源氏物語』それ自体の中で、身分の品と、心の品とが、区別されていないようにも感じられる。

なお、王朝文学を担った紫式部や清少納言は受領（ずりょう）（国司）の娘であり、「中の品」に含まれる。

2―4　理想の妻と、有能な官僚の得がたさ……女性論と政道論

光源氏と頭中将の議論が盛り上がってきたところに、「世の好き者」（当代を代表する色好み）であるという評判の左馬頭と、藤式部丞の二人がやって来た。左馬頭は「さまのかみ」とも読む。ちなみに、「好き者」の代名詞となっている在原業平は「右馬頭」である。

ここからは、四人で、夜を徹しての議論が始まる。これが、「雨夜の品定め」である。光源氏は、「聞き役」に回っている。

議論を取り仕切っている左馬頭は、天下の政道と、家内の経営とを重ね合わせながら自説を展開する。

〔『湖月抄』の本文と傍注〕

左馬頭が語りたる也　うへ　左馬頭詞也　大体の世

さまざまの人の上どもを、語り合はせつつ、「大方の世に

上むきの心也　わが妻ならでよそに見るにはと也　わ　えら

つけて見るには、咎なきも、我がものと、うち頼むべきを選

女おほき中にも也

ばむに、多かる中にも、えなん思ひ定むまじかりける。

女のみにあらず、男にも賢人は稀なる心をたとへにいへり　摂政関白をいへり

をのこ

男の、おほやけに仕うまつり、はかばかしき世の堅めなるべ

実に其の人となるべき器量をいふ也　此の人こそ世のかためともなるべきとてとり出すべきはかたきと也

きも、まことのうつはものとなるべきを、取り出ださん

たとひ其の人と定むべき器量にてもと也

には、かたかるべしかし。されど、賢しとても、一人二人、

政する心也　三公は諸司にたすけられ也

世の中を、まつりごちしるべきならねば、かみは、しもに助

けられ、しもは（諸司百官は三公になびきしたがふ也）、かみに靡きて、事広きに、ゆづろふらむ（ゆづりあふ心也）。せばき家の内の主（あるじ）とすべき人（是より一家の女あるじの事を云ふ也）、一人を、思ひめぐらすに、足らはで、悪（あ）しかるべき大事どもなん、かたがた多かる。とあればかかり、あふさきるさにて、なのめに（十分ならぬ詞也）、さてもありぬべ（大かたなどの心歟）き人の少なきを（大かた子細なき人のかたきと也）、好き好きしき心のすさびにて（あながちすきずきしき心ならねど、心に叶はふやうもやと撰びそめては定めがたき也）、人のありさまをあまた見合はせんの好みならねど（天然の縁にまかせておくべき事と也）、ひとへに、思ひ定むべきよるべ（わが物と定むる女を云ふ也）とすばかりに、同じくは、我が力入りをし、直し（我が男のいさめを借らで女の心得て）ひきつくろふべきところなく（よろづあるを、とえらぶ心也）、心にかなふやうもや、と選（え）りそめつる人の（男を云ふ也）、定まりがたきなるべし（さやうに万事にたらふ女なければ終に定まりがたきと也）。必ずしも、我が思（十分に心に）

ふに、かなはねど、見そめつる契りばかりを、捨てがたく
かなはねどもと也　なのめにさてもありぬべきほどならば堪忍せよとの心也
思ひとまる人は、物まめやかなりと見え、さて、たもたるる
堪忍し思ひ定むる心也　実ある男かなと見ゆる也
女のためも、心憎く押し量らるるなり」。
一生難癖なくて、そひはつる故也

［湖月訳］

左馬頭は、さまざまな人の立場を比較しながら語り続けた。

「あなたがた、――光る君や頭中将――などの最高の貴公子にとっても、最良の妻を見つけるのは、まことに困難なことです。まずは、一般論から申しましょう。世間には、たくさんの夫婦がいます。その中には、他人の妻として見た場合には、これと言った欠点はないと見える女が、たくさんいます。けれども、『自分が生涯の妻とすべき女を見つけたい』と思う場合には、世の中に女が山ほどいても、見つけ出すことは至難のわざなのです。政治の世界でも、同じことが言えます。理想の妻がめったにいないように、朝廷で政（まつりごと）

に携わる大勢の男たちの中で、『この人こそ、摂政や関白として国家の柱石となるべき賢人であろう』と思われる人物を捜そうとしても、これまた、めったにいないものです。

仮に、摂政や関白となるべき器量を持った人物がいたとしましても、政治というものは、賢人の一人や二人だけで行えるものではありません。上に立つ大臣は、下に従う百官(ひゃっかん)たちに助けられ、下に立つ百官は、上にいる大臣たちを信頼し、上と下が互いに尊敬し合って、広範囲にわたる世の中の政を委(ゆだ)ね合って運営しているわけです。

一家の女主(おんなあるじ)として、一人で家庭の中を切り盛りする場合は、どうでしょうか。天下の政道が広範囲に及んでいるのと比べますと、狭い家の中での仕事ではあるのですが、政治の世界で大臣を助ける文武百官など、どこにもいません。女主一人で、すべてを切り盛りしなければならないうえに、『これができないと困る』ということが、たくさんあるのです。

『古今和歌集』に、「そへにとてとすればかかりかくすればあな言ひ知らずあふさ(オウサ)きるさに」という歌があります。「こちらが良いと思えば、あっちが良くない。あっちが良いと思えば、こっちが良くない。何ともちぐはぐで、どうしようもないことだ」という意味の歌です。人間も、長所と短所の両方がありますので、家事万般に優れた女など、めったにいないのです。ですから、多少の難点には目を瞑(つぶ)って、男は我慢するしかありません。

世の中には、身を固めず、妻を持たない男たちもおります。彼らは、必ずしも、色好みで、さまざまなタイプの女と戯れているわけではありません。さすがに、『多くの女を知ることで、自分の生涯の伴侶を見つけたい』とまでは思っていないのでしょうが、『どうせ結婚するのであれば、夫である自分が助言や手助けをして、何とか家事をこなせるのではなく、自力で万事をこなせる女を選びたい』と思っているのですが、結局はそれが見つからずに、妻を持たない状態が永く続いているのでありましょう。

老婆心ながら、光る君は、妻である葵の上にご不満がおありのようですが、それはよくないと思いますよ。必ずしも、男が期待したとおりの女でなかったとしても、その女と自分が結ばれた運命を大切にして、その女を妻として永く一緒に暮らしている場合には、その男は『誠実な人だ』と世間から評価されますし、一方、その男の妻としてずっと暮らしている女の側も、世間からは『難点がなく、無難な妻なのだろう』と高く評価されるものです」。

［宣長説］

『湖月抄』が、光源氏や頭中将の妻に関して述べているくだりは、不要であり、削除すべきである。

このように、宣長は、『湖月抄』のこの箇所の注に対して、細かく反論して否定している。宣長は、「政道読み」を否定しているので、このような反論が続いているのである。いささか意地になっている趣きがある。

［評］「あふさきるさ」は、一方が良ければ他方が悪いという、ちぐはぐさを表す言葉である。『古今和歌集』の和歌が有名であるが、『源氏物語』の帚木巻に引歌されることで、さらに有名になった。古典を読んでいて「あふさきるさ」という言葉が出てきたら、この帚木巻を経由していると考えてよい。

2―5　比喩を用いて真理を説く……説得術の第二段階

左馬頭は、光源氏と頭中将に向かって、これまでの自分の人生経験から培ってきた女性論・人間関係論を、熱心に話し続ける。

彼の論法は、抽象的な一般論を終えて、比喩（ひゆ）を用いて説得力を増す論法へと進んでゆく。

［『湖月抄』の本文と傍注］

鳥の羽をふるひたるやうに誇りたる体也　我はとおもふ体也

馬頭（うまのかみ）、物定めの博士（はかせ）になりて、ひびらきゐたり。中将は、こ

会釈也

のことわりききはてんと、心に入れて、あへしらひゐ給へり。

馬頭詞也　是より女の品をたとへを引きて云へり　番匠也　細工人也

「よろづのことに、よそへておぼせ。木の道のたくみの、

良匠木を制するが如し（帝範）　臨時

よろづのものを、心にまかせてつくりいだすも、りんじのも

ゆがみたる事也

てあそびものの、その物と跡（あと）もさだまらぬは、そばづき、ざ

左礼也　ばみは上に付きたる詞也　よしばみなどいふがごとし

ればみたるも、げに、かうもしつべかりけりと、時につけつ

つ、さまをかへて、今めかしき（めづらしき心也）に目うつりて、をかしきもあり。大事として（是より定まりたる格式ある道具のうへを云ふ也）、まことにうるはしき、人のでうどのかざり（調度のかざりの香壺の箱）とする（薬の筥など也）、さだまれるやうあるものを（法式定まりたる模様ある物を也）、なんなく（難なく也）しいづることなん、なほ、まことのものの上手は（下手は、する事のかなはぬ心也）、さまことに見えわかれ侍（はべ）る。

また、絵所に上手多かれど（是より絵をいへり）、墨書きにえらばれて（墨絵也　粉色はまぎるる事ある也　墨絵にいたりて大事也）、次々に、さらに劣り優るけぢめ（上手のに並べて見る時也）、ふとしも見えわかれず（与風（ふと）は見わけがたきと也　しもは助語也）。かかれど、人の見およばぬ蓬莱の山、荒海（あらうみ）のいかれる魚（いを）のすがた、唐国（からくに）のはげしきけだもののかたち、目に見えぬ鬼の顔などの、おどろおどろしく〔驚かるる心也　又おそろしき也〕つくりたるものは、心にまかせて、ひときは〔イニナシ〕人の目をおどろかして、じちには似ざらめど〔まことには似るまじけれど也　其の実を見ざる者はさもあるべきと〕、さてありぬべし〔思ふ也〕。よのつねの山のたたずまひ〔たてれるすがたをいふ也〕、水のながれ、目にちかき人の家居（いへゐ）ありさま、げにと見え〔尤さありけりと見ゆる也〕、なつかしくやはらびたる〔やはらいだる　両点也〕かたなどを、しづかにかきまぜて、すぐよかならぬ〔嶮岨ならぬ心也〕山の気色木（こ）ぶかく、よばなれて〔世をはなれたる心也〕たたみなし、けぢかきまがき〔気近也　前栽をいふ也〕の中（うち）をば、その心しらひ〔心知　こころづかひ也〕おきてなどをなん、上手（じやうず）はいといきほひことに、わるもの〔悪者也　下手をいふ也〕はおよばぬ所多かンめる」。

［湖月訳］

左馬頭は、光る君と頭中将という最高の聞き手を得て、女性論の第一人者として認められたかのように気分が高揚し、熱心に語り続けた。彼は、ここで話し方を変え、一般的な女性論から、比喩を用いた論法に切り替えた。これは、『法華経』で用いられた「三周の説法」に則ったものである。お釈迦様は、真理を説く際に、最初には仏法を説き、次には比喩を用いて説き、最後には過去からの因縁を挙げて説く、という三つの論じ方を採用された。左馬頭は、ここから、「三周の説法」の第二段階に、歩を進めたのである。彼は、自分が、さもお釈迦様になっているかのように高揚して、鳥が自慢げに羽を広げるかのように、肩を揺らしている。頭中将は、左馬頭の話術に引き込まれ、「これから議論がどういうふうに展開するのか、最後まで聞き果てよう」と、時折うなずいたりして、熱心に聞き惚れている。

左馬頭は、こう語った。

「これまで、女の『上・中・下』の品について、一般論を語ってきましたが、ここからは、喩え話で説明します。お聞きの方々は、この喩え話から、女の『品』についての認識を深め、妻とするのに理想的な女性について、正しい理解を持っていただきたい。

まず、細工職人に喩えて、お話しします。彼らは、自由自在に、さまざまな細工を作り上げます。それを見ていますと、最高の職人と、それほどでもない職人との違いが、わかってきます。

一時的にしか使用しない、流行の道具で、昔から定まった作り方のない物を、気取ったかたちで彎曲させたり、いわくありげに変形しているものがあります。そういう作り方をした物を使うと、『なるほど、よく出来ている』と、珍しい形なので、その時々の感興が湧いてきて、感心したりします。ところが、一生使い続けるであろう、大切な調度品で、昔から定まった作り方のあるものを、欠点もなく、見事に作り上げるのが、本物の名人なのです。その見事さは、一時的な流行に合わせて、定型のない作り方をした物と比べると、格段の違いがあります。

次に、宮中の絵所にいる絵師に喩えて、お話ししましょう。絵所には、優れた腕の絵師たちが、たくさんいます。彼らが、彩色のない墨絵を描く役に選ばれて、次々に絵を描いている様を見ますと、ちょっと見には、彼らの腕前の優劣がわかりかねます。

けれども、彼らが何を描いているかに注目すると、力量の差が一目瞭然となるのです。誰も見た人がいない、仙人たちが住むという蓬莱山や、荒波の立つ海の果てに棲んでいるという恐ろしい顔をした魚や、中国大陸に棲んでいるとかいう猛獣や、人間の目に見えない鬼の顔などのように恐ろしく、見た人を驚かせる素材を絵に描く場合には、いかにも恐ろしく、自由に描けば、見た人はそれでも感心してしまうのです。誰も見たことがないので、絵に描かれている物と実物とが、実際には似ていないのでしょうけれども、違っているかどうかは、わからないからです。

ところが、私たちがふだんから目にしている物、たとえば山々の姿や、水の流れ、これまた私たちの生活空間に存在している家々の住まいなどを、『なるほど、本当に存在しているようだ』と思わせ、心が惹かれると同時に、心が安らぐ景物を、なだらかな筆致で配置するのは、至難の業(わざ)です。遠景には、ごつごつしていない、なだらかな山を、人家からは程遠い、神秘的な空間として描き、近景には、人家の庭の籬(まがき)に中に植えられている草花を、一つ一つ風情たっぷりに描き分ける名手の筆遣いは、まことに優れています。その域に達していない絵師たちは、とうてい及ばないところが多いものです。

人間も、女も、当たり前のこと、当然すべきことを、難なくしてのける方が、奇を衒(てら)ったことを好んでするよりも、格段に優れているのです。そういう女をこそ、本妻に選ぶべきなのです」。

左馬頭は、このように語った。

[宣長説]

「ひびらく」（ひびらぐ）は、「大口をたたく」というニュアンスである。

「さればむ」は、「しゃれたる」（洒落たる）という意味である。

『湖月抄』の言うように、「墨絵」と「彩色絵」が対立しているのではない。ただ絵を描くことを「墨書き」と言うのである。

[評]　本居宣長の弟子である鈴木朖（あきら）は、『玉の小櫛補遺（ほい）』で、この箇所は、紫式部の創作手法の素晴らしさを、はからずも明らかにしている、と述べている。『竹取物語』には、月の世界の住人が登場する。『うつほ物語』にも、波斯（はし）国（こく）（ペルシャ）に遭難する話がある。また、動植物が言葉を話したり、魑魅魍魎（ちみもうりょう）が跋扈（ばっこ）する物語もある。けれども、『源氏物語』には、そのような荒唐無稽な点が、何ひとつなく、世の中に普通に存在することだけが取り上げられている。それでいて、ここまで読者を感動させるのは、紫式部が「まことの上手」だか

らである。

この鈴木朖の感想は、『源氏物語』の本質を言い当てている。

なお、現代では「墨書き」に関して、彩色の前段階として、力量の優れた絵師が墨で輪郭を描き、力量の劣る絵師が彩色し、さらにそれを力量の優れた絵師が輪郭を明瞭に描き直す、と理解されている。宣長説から、さらに展開したのが現在の解釈である。

2―6　具体例で、人の心の見分け方を説く……説得術の第三段階へ

左馬頭は、「2―5」のあと、さらに、発言を続ける。彼の独演会の趣きさえある。細工職人、絵師に続いて、筆蹟の喩え話になる。その喩え話が終わると、「三周の説法」の三番目の、「過去からの因縁で説く」へと進んでゆく。

ただし、『源氏物語』は、文学であって宗教ではないので、「過去からの因縁」を、「過去の恋愛体験」へと組み換えている。

〔『湖月抄』の本文と傍注〕

「手を書きたるにも（左馬頭詞　是より手跡をいふ也）、ふかきことはなくて、ここかしこの
てんなが（点長）に、はしりがき、そこはかとなく気色ばめるは（そこともなく気色ありて書きまぎらはしたる也）、う
ちみるに、かどかどしく、けしきだちたれど（見事に見ゆる心也）、なほ、まこと
のすぢを（ただしき筆法をいふ也）、こまやかにかきえたるは、うはべ（うはつら也）のふできえてみ
ゆれど（消えは、おとりたる心也）、今ひとたび取りならべてみれば（はしりがきと、まことのすぢを書きたると也）、なほ、じちになん
よりける（実あるに至極すると也）。はかなき事（木の道・絵所・文書ははかなき道也）だに、かくこそ侍れ（それだに実によれり）。まして、人の心
の（いはんや人の心をや、といふこころ也）、時にあたりて、けしきばめらん（当世につけたる風儀をなして実なき人の体を云ふ也）みるめのなさけをば、

えたのむまじく思う給へ侍る（左馬頭が思へると也）。そのはじめのこと、すきずきしくとも申し侍らん」とて、ちかくゐよれば、君（源氏也）も目さまし給ふ（前に君のうち眠りてとありし首尾也）。中将（頭）、いみじく信じて、つらづゑをつきて、むかひゐ給へり。のりの師の、世のことわり説ききかせん所の（紫式部詞　草子の地也）ここちするも、かつは、をかしけれど、かかるついでは、おのおのむつごと（親言　私語）も、えしのびとどめずなんありける（いもせの中の私語もかくさず語りしを今しるしたりと也）。

［湖月訳］

左馬頭の講義は、まだ続いた。

「これまで、細工職人と絵師を喩えにして、理想の女性とはどういうものかについて話してきました。もう一つ、具体例を挙げましょう。筆蹟についてです。書道の真髄に達していない場合でも、あちこちの点を、普通よりも長く伸ばしたり、勢いよく走り書きしたりして、見た目の印象として雰囲気よく書いた文字は、ちょっと見には、書いた人の才気を感じさせ、素晴らしいと見えるものです。

けれども、書道の真髄に達している人の筆には、とうてい及びません。書の正しい筆法に通暁した人の丹念に書いた文字は、表面的な華やかさには欠けていますが、先ほど申し上げた才気走った書き方をしたものと並べて比較してみますと、その優劣は一目瞭然たるものがあります。表面的な見た目よりも、真実の筆法に従うほうが格段に優れているのです。

細工職人、絵師、そして書道の三つの喩えから、共通して導き出される結論は、人間性もまた、見た目の華やかさではなく、実直さが大切である、ということです。いかにも現代の流行の最先端を身に付け、何かにつけて風流ぶりを誇示している女の、うわべばかりの見た目の良さに目を奪われて、そういう女を生涯の伴侶として選ぶことなど、絶対にしてはならないと、私は思うのであります。

さらに言えば、歌の道でも、このことは言えます。新奇な言葉を多用し、技巧を凝らした歌は、人の目を引きつけますが、真に歌の道を究めた歌人の、一見平凡に見える歌と並べてみますと、その優劣は明らかです。

そして、政の道についても、同じことが言えるのです。光る君や頭中将殿は、まだお若いが、いつかは国家の柱石となって、この国を支えるべき方々です。信じるに足る部下の心の優劣を見分ける目を、持たねばなりません。その一助となるようにと願って、女を見る目の大切さを、このように説いておるのです。

これまで、一般論、比喩論と話してまいりましたので、これからはいよいよ「三周の説法」の三番目である、具体的な因縁を説く段階に入ります。私自身がまだ若く、世の中のことも、女の優劣を見抜く目も持ち合わせていなかった頃の、恋愛のしくじりについて、何とも恥ずかしく、また自分がいかにも恋愛のことばかりにうつつをぬかしていたようで気が引けるのですが、率直にお話しいたしましょう」。

ここまで話した左馬頭は、膝を前に進め、光る君と頭中将のほうへ近づいた。一般論を聞いていた時には、退屈で、寝たふりをしていた光る君も、他人の生々しい恋愛譚を聞けるとあって、完全に目をお覚ましになった。頭中将は、もう完全に左馬頭の話術に夢中になっていて、その言葉に納得し、頬杖をつきながら、左馬頭と向かい合って座っていらっしゃる。

彼らの姿を、部外者である私のような語り手の目から見ますと、法師が、世界の真理である仏法を、若い聴衆に説き聞かせようとしている姿のように見えてしまいます。けれども、その場で真剣に話されているのは、人間の生死に関わる重大事ではなく、「男の目から見た女の優劣」という、どうでもよい話題なのです。私などは、ともすれば、おかしくて笑ってしまいそうになります。こういう男同士で話に熱中している場合には、「どうしてこんなプライベートなことまで、赤裸々に口にするのだろう」と思われる、秘密の情事まで、「話したい、聞かせたい」という欲求を抑えきれなくなるものと見えます。

［宣長説］

左馬頭が、女の優劣にかこつけて、人の心を見抜く大切さを光る君たちに説いた、とするのは、違っている。そんな含意など、ここにはない。中国の儒教などの政道論を、ここに持ち出してくるのは、昔の教養人たちの、どうしようもない悪癖である。ここは、恋愛論として読めばよい。

【評】『源氏物語』を政道書として読むか、恋愛書として読むかの分岐点が、この場面である。

このあと、左馬頭は、自分の過去の恋愛譚から、嫉妬深い女に指を噛まれた話と、浮気性の女と交際していた話をする。頭中将は、自分の前から突然に姿を消した「常夏の女」（後の「夕顔」のこと）の話をする。藤式部丞は、学者の娘が蒜（大蒜）を食べていた話をする。ユーモラスな「物語の誹諧」である。笑いの中で、「雨夜の品定め」は終了する。

2—7　光源氏、空蝉に接近する……男女の「実事」の描き方

「雨夜の品定め」がなされた翌日、光源氏は、葵の上の住む左大臣の屋敷に向かう。ところが、「方違え」の必要が生じ、光源氏は、中川のわたりにある紀伊の守の屋敷へと向かう。そこには、たまたま紀伊の守の父である伊予の介の後妻である空蝉が訪れていた。光源氏は、強引に空蝉の寝所に接近して一夜を共にし、朝を迎える。

この時、二人の間に「実事（じつじ）＝男女の契り」があったのかどうか、解釈が別れる。『源氏物語』は、男女の「実事」（逢瀬）をどのように描いているのか、この場面から理解しよう。

［『湖月抄』の本文と傍注］

かく押し立ち（無理わざする也）給へるを、「深く、なさけなく、憂（う）し」と思ひ入りたるさまも、げに、いとほしく、心恥づかしきけはひなれば、「その（源詞）際々（きはぎは）を、まだ思ひ知らぬうひごと（初事也）ぞや。なかなか（世上をも思ひしりたる、）、おしなべたるつらに（よのつねの好色人のやうに、と也）、思ひなし給へるなん、うたてありける。おのづから、聞き給ふやうもあらん。あながちなる好き心は、さらにならはぬを。さるべきにや（かやうにいひなさるべき前世の縁あるにやと也）、げに、かく、あばめられ（淡の字、阻の字、）

両義あり　源の空蟬に道理をつけてのたまふ詞也　源の心にも、ふしぎに思ふと也　心まどふ也

奉るも、ことわりなる心まどひを。みづからも、あやしきまでなん」など、まめだちて、よろづにのたまへど、いと、た

空蟬の心也

ぐひなき御（み）ありさまの、いよいよ、うちとけきこえんこと、わびしければ、「すくよかに、こころづきなしとは見え奉るとも、さるかたの、いふかひなきにて過ぐしてん」と思ひて、

情のかたのいふかひなき者になりて過ぐさんと空蟬のおもふ也

つれなくのみ、もてなしたり。

地　下はつよき也　柔ハ強ニ勝ツといへり

人がらのたをやぎたるに、つよき心を、しひて加へたれば、なよ竹の心地して、さすがに、折るべくもあらず。

をれがたきものなり、にが竹といふ物也

空蟬心

まことに、こころやましくて、あながちなる御（み）こころばへを、

「いふかたなし」と思ひて、泣く（啼く体也）さまなど、いとあはれなり。

心ぐるしく（源心）はあれど、「見ざらましかば（つれなき心の奥をも見はてずは口をしき事ならんと也）、くちをしからまし」とおぼす。「なぐさめがたく憂し」（さまざま源氏ののたまへども空蟬の心もとけぬ也）と思へれば、「など（源の詞也）、かく、うとましき（疎也）ものにしもおぼすべき（我を疎々しき物に思ひ給ふぞと也）。覚えなきさまなるしもこそ、契りあるとは思ひ給はめ。むげに世を思ひ知らぬやうに、おぼほれ給ふなん、いとつらき」と恨みられて、「いと（空蟬詞）、かく、憂き身のほどの定まらぬ、ありしながらの身にて、かかる御（み）心（こころ）ばへを見ましかば、あるまじき我（われ）だのみにて（源氏を我思はれんとたのまん事はあるまじき事ながらと卑下の詞也）、見なほし給ふ後瀬（のちせ）もやと、思ひ給へなぐさめましを。いと、かう、かりなるうきねのほどを思ひ侍るに、たぐひなく思う給へまどはるるなり。よし、今は、見（へ）きと、なかけそ」とて思へるさ（空蟬の思ひ）ま、げに（入りたるさま也）、いと、ことわりなり。おろか（地）ならず契り慰め給ふこと、多かるべし。

［湖月訳］

光る君が、このように、強引に接近してこられたので、空蟬（うつせみ）は、「思いやりがない振る舞いをされて、つらい」と、深く思い詰めている。その様子が、光る君には、いたわしい。また、人妻に言い寄る自分を恥ずかしく思わせる健気さを、彼女は漂わせている。光る君は思わず、言い訳（いいわけ）を口にした。

「人の妻と定まった女に対しては、男の人は恋愛沙汰をしかけないものだと、あなたはおっしゃった。けれども、私はまだ恋の初心者なので、そんなこともよくわかっていないのですよ。世の中のことや恋愛沙汰に通暁した、訳知り（わけしり）の好き者であるかのように、私を思い込んでおられるのが、つらく思われます。私が、恋愛に現（うつつ）を抜かしている人間ではないという噂は、あなたの耳に入っていませんか。私には、無理わざをしてまで、女性に近づこうという好色な心など、これまでには、まったくなかったのです。ところが、あなたと私の間には、私が淡々（あわあわ）しい（軽々しい）男だ、などと低く評価されるような、前世からの宿縁があったのでしょう。真実を申せば、これほどまでにあなたに接近する自分の心の惑いを、私自身が不思議なことだと思っているのですよ」などと、真面目（まじめ）な口調で、理路整然と説得を試みられる。

　空蟬は、光る君の比類のない姿を見たことに加え、心惹（ひ）かれる言葉を聞くにつけ、自分のような女が、その人と深い仲になることが、いよいよみじめに感じられる。女は、「たとえ、光る君から、私が強情で、失礼な女であると思われたとしても、恋愛の情趣をまったく理解できない、つまらない女として、この場をやり過ごしてしまおう」と覚悟を決めた。光る君の言葉に対しても、冷淡な態度を貫いた。

　この空蟬という女は、生まれつき、人の要求を断り切れない、おっとりした性格なのだった。ところが、今は、意識して男を拒み、強い心を持とうと努めている。こういう時に、柔らかそうな女は、真実、強い女へと変貌する。「苦竹」（真竹）が、節が長いので、たわみやすいけれども、折れにくいのと同じことである。

光る君も、さすがに、これほど芯の強い女と関係を結ぶのはできそうにない、と思っているようすだった。

女は、心底、男の乱暴なふるまいが、憎たらしく思われてならない。光る君の理不尽な振る舞いに対して、「あんまりだ」と思って、泣き続ける。その様子が、男には、いじらしく見えた。

光る君は、「女に可哀想なことをした」と思われる。「女の心は、とうとう自分に対して打ち解けず、冷淡なままだったけれども、その心の奥まで見届けなかったならば、さぞかし残念だっただろう」とお思いになる。光る君が、いくら女を慰めても、女は「つらい」と思ったままで、男に心を許して靡いてはくれない。

光る君は、「どうして、そこまで、私という人間を、気が許せず、近づきたくない男だと決めつけておられるのですか。あなたと私は、このように、偶然に出会い、お近づきになりました。これは、私たち二人に、こうなるべき前世からの深い宿縁があったからだと、思っていただきたいものです。世の中の情理を、まったく理解していないというふうに、偽装しておられるのですか。私のほうこそ、あなたの態度が、恨めしくてなりません」と、恨み言を口にされる。

　さすがに、女は返事をした。「今の私には、年老いた伊予の介の後妻という立場が、決まってしまいました。こういうつらい立場の女として、私の人生が固まってしまう以前に、これほど素晴らしいあなた様の、愛情溢れるお言葉を聞けたのでしたら、どんなに良かったことでしょう。『取り返すものにもがなや世の中をありしながらの我が身と思はむ』という古歌が連想されます。今回、あなたは、私の心に忖度なさらず、無体に接近されました。まさか、そんなことはないだろうとは思いますが、私が伊予の介の後妻でないのでしたら、あなたが私の心を尊重し、私を大切にお思いになって、次の逢瀬では、真実の愛を捧げる対象として私を大切に扱ってくださるかもしれない、と願わないではありません。そうすれば、私の心も、今ほどには苦しまず、慰められることでしょう。けれども、それは、もはや不可能なことです。私は、中納言で、衛門の督を兼任している男を父親として生まれました。父は、私を『帝の后にも』と夢見ていましたが、結局、私は受領階級の伊予の介の後妻になるしかありませんでした。今の私は伊予の介の妻になっています。今夜、一度限り、水鳥が水の上に仮寝するように、あなたが紀伊の守の屋敷に留まられるだけで、もうお逢いする機会はないだろうと思いますので、これ以上はなく、私は思い乱れているのです。今夜一度だけの出会いなのですから、あなたは、私との関係を、他の人に言いふらしたりしてはいけませんよ。『それをだに思ふこととて我が宿を見きとな言ひそ人の聞かくに』という歌の通りです」。こう言って、女は、悲しみに沈んでいるようすであった。

女の嘆きは、まことに、もっともなことだと、語り手の私には思われましたよ。光る君も、「また、きっと逢いに来ますからね」などと約束しては、心をこめて、女を慰められたことでしょう。

なお、この場面で、二人の間に「実事＝男女関係」があったかどうかは、諸説あるところである。空蟬は、この時、一度は光る君と実事を持った。だが、その後は、二度と結ばれることはなく、「貞女」としての生き方を全うしたのだ、とも考えられる。

［宣長説］

『湖月抄』は、二人の関係をあえて曖昧に解釈したいようであるが、この場面で、空蟬は、明らかに光る君と結ばれている。結ばれた事実があるから、空蟬の嘆きも大きくなったのである。自分は、このあと、二度と光る君とは逢瀬を持たない、持ってはならないという強い心が、空蟬の人生をずっと貫いている。

［評］ 北村季吟は、空蟬の「貞節」を、高く評価しているから、光源氏と契ったか、契っていないかを、あえて曖昧にしておきたかったのだろう。現代人が、この場面を読むと、二人は明らかに結ばれている。本文で言うと、「なよ竹の心地して、さすがに、折るべくもあらず」の後、「まことに、こころやましくて、あながちなる御こころばへを、『いふかたなし』と思ひて、泣くさまなど、いとあはれなり」の前で、二人は結ばれている。

ただし、誇り高い空蟬が、もしも、ここで光源氏と「実事」を持っていたら、「貞節」という理念を生き甲斐としている彼女は、もはや生きていられなかっただろうと、考える読者もいるだろう。

宣長は「恋愛」、『湖月抄』は儒教の道徳観を重視している。

ちなみに、『伊勢物語』第六十九段（狩の使）は、伊勢の斎宮と業平の「実事」が、あったようにも、なかったようにも、曖昧に書かれている。紫式部は、その筆法を、ここで踏襲したのだろうか。

2―8　帚木の歌……男を拒む女の真情

光源氏は、空蟬のことが忘れられず、彼女の弟である小君（こぎみ）を「文使い（ふみづかい）」として、空蟬への接近を計画する。空蟬はそのことを察知し、光源氏からの逢瀬の申し出を拒み続ける。光源氏が、紀伊の守の屋敷を二度目に訪れた時も、小君に手紙を託すが、空蟬の心は解けず、不首尾に終わった。

［『湖月抄』の本文と傍注］

君は、「いかに、たばかりなさん」と、まだ幼きを、うしろめたく待ち臥（ふ）し給へるに、「ふようなる」由（よし）を聞こゆれば、あさましく、めづらかなりける心のほどを、「身も、いと恥づか

（傍注：君は〜たばかりなさん＝源氏、小君が才覚を心もとなくおぼしめす也／ふようなる＝小君詞／あさ＝源心也）

しくこそなりぬれ」と、いと、いとほしき御気色なり。とば（しばらく也）

かり、（又、所によるべし）ものも、のたまはず、いたくうめきて、（嘆息の声也　源氏也）「憂（う）し」とおぼ

したり。

（源）「ははき木の心をしらでそのはらのみちにあやなく（無益）まど

ひぬるかな

（源詞也）聞こえんかたこそなけれ」（いはんやうもなき、つれなさ哉と、かこち給へる也）とのたまへば、女も、（空蟬也）さすがに、（さすがにといへる字、）

まどろまれざりけり。（眼をつくべし）（ければイ）

（空）「かずならぬふせやに生（お）ふる名のうさに（所の名の布施屋をいやしき家によせてよめり）あるにもあらず（はや、よすが定めたる身なれば）

きゆるははきぎ」（こそ思ひきえたれ、との心也）

と聞こえたり。

[湖月訳]

光る君は、小君に、姉の空蟬への手紙を持たせたので、「その首尾や、いかに」と、空蟬からの返事を心待ちにしながら、横になっておられた。小君がまだ幼いので、大人の情事の手引きをするには、いささか心もとなく思っていたところへ、小君が戻ってきた。小君は、「姉の心を動かすことはできませんでした」と、不首尾の由(よし)を申し上げた。光る君は、自分が女から嫌われて拒否される体験など、これまでしたことがなかった。あきれるほどに、普通の女とは異なる空蟬の心を知って、「私は、もう、恥ずかしくてたまらないよ」と、見ていてもったいないほど、悄(しょ)げてしまわれた。しばらくは、一言も口にできず、大きな溜め息をついて、「つらいなあ」と、お思いである。

気を奮い立たせて、女に歌を遣わされる。

ははき木の心をしらでそのはらのみちにあやなくまどひぬるかな

(あなたは、まるで信濃の国の園原(そのはら)に生(は)えているという、帚木(ははきぎ)のような人だ。「園原(そのはら)や伏(ふせ)

屋に生ふる帚木のありとて行けど逢はぬ君かな」という古歌がありますが、帚木は遠くからはあるように見えて、近づくと消えてしまうそうです。あなたの居場所は、そこだと見定めて手紙を送るものの、あなたの心は見つからず、私は茫漠とした野原で道に迷ってしまいました。）

歌のあとに、「何とも言いようのない、あなたのつれなさですね」と、不満を書き付けられる。一方、光源氏の誘いを断った女の側も、心の中では、君に惹かれているので、さすがに一睡もできずに、悶々としていたのであった。女は、このように返事した。

かずならぬふせやに生ふる名のうさにあるにもあらずきゆるははきぎ

（帚木は信濃の国の「布施屋」という場所に生えているそうですが、私も、粗末な「伏屋」で暮らしている、賤しい女です。とても光る君にふさわしい身分ではありません。しかも、私は、人妻です。夫が定まっていますので、あなたの前からは消えてしまいたいのです。私が人を愛する心も消してしまいたいのです。）

［宣長説］

「ふようなる」という言葉に、『湖月抄』は「不用」とか「不要」などという漢字熟語を宛てているが、まったく言葉の意味を理解していない。これは、「うまく事がかなわなかった」という意味である。

空蟬の歌の「かずならぬ」は、夫がいるというだけでなく、伊予の介という受領階級の夫がいる、卑しい身分であることを述べている。

［評］　この場面のすこしあとで、帚木巻は終わる。その結びには、小君が光る君になつくので、光る君は小君のことを、「つれなき人よりは、なかなかあはれにおぼさる、とぞ」とある。

この「とぞ」に関して、『湖月抄』は、「紫式部が、この物語を自分が書いたのではなく、他人から聞いたことにしたのだ」と述べている。

『湖月抄』は、続けて、「帚木巻には、好色な話題が満載だが、こういう好色な振る舞いは良くないことを読者に教え知らせている」という、教訓読みを開陳している。

それに対して、宣長は、『源氏物語』と紫式部に、人生教訓や恋愛の戒めなどの意図はなく、ただ、こういうふうなことが語り伝えられている、と「昔物語」のスタイルにしただけである、と反論している。

なお、『湖月抄』の本文の「いと、いとほしき御気色」を、「いよいよ惜（を）しき御気色」とする版本がある。後者は、前者の明らかな誤写なので、『湖月抄』でも時代が後の版本では訂正してあるのである。

3 空蟬巻を読む

3—1 巻名の由来、年立、並びの巻

まず、『湖月抄』の説。

「歌を以て、巻の名とす」。「空蟬の身をかへてける木のもとになほ人がらのなつかしきかな」（光源氏）。「源氏十六歳の夏の事あり」。

『源氏物語』には、「並びの巻」（幷びの巻）という概念があるが、空蟬巻は、一つ前の帚木巻の「竪の並び」である。

宣長説では、「源氏ノ君、十七歳なり」。

なお、「並びの巻」には、「竪の並び」と「横の並び」の二種類があり、その定義は、古くから混乱していた。ただし、「前の巻と、時間の空白がなく、連続して続いている」のが

「竪の並び」で、「前の巻と時間が連続せず、前の巻から時間を遡（さかのぼ）ったり、前の巻と同じ時間を別の視点から描いたりしている」のが「横の並び」であると、私自身は理解している。

空蟬巻は、時間の流れが、帚木巻と連続・継続しているので、「竪の並び」である。

3―2　光源氏、空蟬と軒端の荻を垣間見（かいまみ）る……「垣間見」という手法

光源氏は、空蟬の人柄に強く惹かれている。三度目に訪れた時、小君の手引きで、空蟬の姿を、垣間見た。空蟬は、義理の娘（伊予の介の先妻の娘）である軒端（のきば）の荻（おぎ）と碁を打っていた。『源氏物語』で愛用される、男性が女性を覗き見る「垣間見」という手法の最初である。

［『湖月抄』の本文と傍注］

さて、「向かひ（源の心也）ゐたらんを見ばや」と思ひて、やをら（しづかなる心也）、あゆみ

いでて、すだれのはざま〔あひだ也〕に入り給ひぬ。この入りつる〔小君が入りつる妻戸也〕格子（かうし）は、まだ鎖（さ）さねば、隙（ひま）見ゆるに寄（よ）りて、にしざまに見とほし給へば、この際（きは）に立てたる屛風も、はしのかた押したたまれたるに、まぎるべき几帳なども〔女を見んさはりなるべき几帳もと也〕、暑ければにや、打ち掛けて、いとよく見入れらる。火、近うともしたり。「母屋（もや）〔これは空蟬也〕の中柱にそばめる人や、わが心かくる〔空蟬ならんと也〕」と、まづ、目とどめ給へば、濃き綾（あや）のひとへがさねなンめり、何にかあらん〔燈火ほのかなるゆゑ濃綾のひとへか何ならん、うへにきて也〕、上に着て、かしらつきほそやかに、ちひさき人の、ものげなき〔ひはづなる様也〕姿ぞしたる。顔などは〔空蟬の用意ふかき体也〕、さし向かひたらん人などにも、わざと〔いつもなるる人にも〕見ゆまじうもてなしたり（さだかにむかはぬさま也）。手つき、痩せ痩せとして、いたう引き隠したンめり。

（中略）

たとしへなく（空蝉のありさま也　たとへなく也）口おほひて、さやかにも見せねど（物ふかき本性なるべし）、目をし、つと、（源氏の）つけ給へれば、おのづから、側目（そばめ）に見ゆ。目すこしはれたる心地して、鼻などもあざやかなる所なう（鼻の高からぬよし也）、ねびれて、にほはしき所も見えず。言ひたつれば、悪（わ）ろきによれるかたちを、いといたうもてつけて、「このまされる人（軒端荻也）よりは、心あらん」と、（空蝉のさま）目とどめつべきさましたり。

〔湖月訳〕

光る君は、南向きの家の南東側の妻戸に立って、西側にある母屋を覗いている。「空蟬が軒端の荻と碁を打つために向かい合っている姿を見たい」と思って、今まで潜んでいた妻戸から、そっと移動して、簾の隙間にお入りになった。先ほど、小君が空蟬たちのいる部屋に入っていった格子は、まだ開けたままになっている。隙間から部屋の中が見通せるので、西のほうへと視線を走らせると、格子の近くに立ててある屏風も、端のほうが押し畳まれている。本来ならば、男の視線を遮るはずの几帳も、暑さのため風通しをよくするためなのであろうか、帷子がめくり上げられて、横木に掛けてあるので、中の様子がはっきりと覗き込める。

二人の女が碁を打っているすぐ近くに、燈がともしてある。光る君は、「母屋の中にある柱のあたりに座っていて、横顔を見せているのが、私が心引かれている空蟬なのだろう」と直感し、目を凝らされる。女は、色の濃い紫の単襲を着ているようである。その上に、何かもう一枚着ているようだが、灯りがほのかなので、はっきりとは見わけられない。頭の形はほっそりしていて、全体的に小さい体型で、華奢な印象を受ける。

義理の娘と向かい合って碁を打っているのだが、対面している身内の娘に対しても、自分の顔をはっきりと見せないように配慮している。手つきも、ひどくほっそりしているが、碁を打つ際にも、手を露出させることなく、袖口の中に引き隠しているように見え、慎み深い性格だと見て取れた。

（中略）

空蟬は、義理の娘が、肌もあらわな着こなしであるのとは対照的に、袖口で口を隠していて、口元だけでなく、顔もはっきりとは見えない。けれども、男が、じっと見続けていると、少しずつ女の横顔が見えてきた。目の上が、少し腫れているように見える。鼻も、それほど高くはないので、どことなく寝ぼけているように見え、華やかさに欠けている。はっきり言えば、容貌は美しくはないほうだ。ただし、振る舞いが慎み深いので、女として優れていると評価できるのである。「義理の娘は、若くて美貌であるけれども、慎み深さに欠けるので、美しくはない空蟬のほうが嗜みが深いと好感が持てる」と、見る者に思わせる。そういう魅力を、空蟬は持っていた。

【宣長説】

「ねびれて」は、『湖月抄』のように「寝ぼけて」ではなく、植物が萎えしぼんでいるような、元気のない感じを表している。

【評】『源氏物語』で、繰り返し用いられることになる「垣間見」の最初の場面である。この手法によって、男は女の真実の姿を知り、恋心を燃やすようになる。

なお、「中略」とした箇所には、若い「軒端の荻」に関して、義理の母である空蟬よりも、「品おくれたり」（気品が劣っている）という文章がある。ところが、宣長は、「品おくれたる」の主語は、軒端の荻ではなく、空蟬である、と主張している。宣長ともあろう天才が、なぜ、このような誤読をしたのか、私には興味がある。

思うに、宣長は、空蟬タイプの女性には好感を持っていなかったのだろう。空蟬は「人妻」である。宣長が憧れている（と思われる）藤壺は、「人妻」ではあるものの、「天皇の后」である。庶民である宣長は、「上の品」の高貴な女性への憧れを、強烈に抱いていた。だから、男性として「上の品」である光源氏が、「中の品」の女性に強い興味を抱く恋愛心理を、理解できなかったのではないか。

また、光源氏に好意を持ちつつ、拒絶するという空蝉の「心の二面性」に、宣長は偽善、ないしは不自然さを感じていたのかもしれない。「好きだ」という気持ちがあれば、人間は道徳や理性をやすやすと超える。それが、「もののあはれ」の本質である。道徳に縛られ、自分の心に素直になれない空蝉は、宣長の考える「もののあはれ」とは無縁の女である。

3―3　空蝉、小袿を脱ぎ捨てて光源氏を逃れる……人違いの実事

光源氏は、またしても小君の手引きで、空蝉の寝所に忍び込む。空蝉は、それを察知し、小袿（こうちき）を脱ぎ捨てて、単衣（ひとえ）一枚だけで部屋を抜けだした。光源氏は、空蝉がおらず、いるのは軒端の荻だと気づくが、そのまま軒端の荻と契った。「二人の女性が一緒に寝ている部屋に侵入した男が、本来の目的ではない方の女性と契る」というパターンの最初である。

蝉が脱殻（ぬけがら）を残して羽化することから、この女性は「空蝉（うつせみ）」（蝉の脱殻（ぬけがら））という源氏名で呼

ばれることになった。

【『湖月抄』の本文と傍注】

「いかにぞ（源心也）。をこがましきこともこそ（よからぬ事もこそあらめと用心也）」とおぼすに、いとつつましけれど、みちびくままに、母屋（もや）の几帳（きちやう）のかたびら引き上げて、いと（いとは助字也）、やをら入り給ふとすれど、皆しづまれる夜の、御衣（ぞ）のけはひ、やはらかなるしも、いとしるかりけり。

女は、さこそ忘れ給ふを、うれしきに思ひなせど、あやしく夢のやうなることを（前に源氏にあひし事也）、心に離るるをりなき頃にて、心とけた

るいだにねられず（寝られぬ心也）なん、昼は眺め（物思ふさま也）、夜（よる）はねざめがちなれば、
春ならぬ木（こ）の芽も、いとなく（目のいとまなきこころ也）嘆かしきに、碁打ちつる君（軒ばの荻也）、今
宵は、こなたにと、今めかしく（珍しき也）打ち語らひて、ねにけり。若（軒端）
き人（の荻也）は、何心なく、いとよくまどろみたるべし。
かかるけはひ（源の御けはひ也）の、いとかうばしく打ちにほふ（源氏のたきしめ給ひし御ぞの匂也）に、顔をもたげ（空蟬也）
たるに、単衣（ひとへ）打ち掛けたる几帳のすきまに、暗けれど、うち（源氏也）
みじろぎ（身退ミジロギ　うごく心なるべし）寄るけはひ、いとしるし。あさましく（空蟬心也）覚えて、とも
かくも思ひわかれず、やをら起き出（い）でて、生絹（すずし）なる単衣（ひとへ）一つ
を着て、すべり出（い）でにけり。

［湖月訳］

光る君は、空蟬の弟である小君の手引きで、空蟬の寝ている部屋に、こっそりと忍び込まれる。「これから自分がする行為は、道徳的にいかがなことだろうか。もし、不都合な事態になったならば、困ったことになる」と自省する気持ちも残っておられるのが、光る君の人間性の素晴らしさである。

けれども、結局は、光る君は小君の導きに従った。空蟬が寝ている母屋（もや）の几帳（きちょう）のかたびらを引き上げ、誰にも気づかれないように、こっそりと、中へ入ろうとなさる。皆が寝静まって静寂な中で、光源氏のひそやかな衣（きぬ）ずれの音は、低いだけにかえって耳に立つのだった。その気配を、五感の鋭い空蟬が、聞き逃すことはなかった。

その女――空蟬――は、かつて一度だけ契った光る君が、その後、自分のことをお忘れになったかのようであるのを、「貞女」として生きてゆこうと思いつめているので、「嬉しいことだ」と思おうと努力しているのだけれども、あの時、一度だけ、夢のような逢瀬を持った出来事を、決して忘れることのできない大切な思い出として、心の中で反芻（はんすう）し続けている。光る君との一度きりの逢瀬を思い返すと、夜になっても、一睡もできないで、何度も目が覚めてしまう。昼間も、光る君のことを思い、夜も、眠れないほどに光る君のことを思うので、熟睡できない。春には、「木の芽」が一瞬たりとも休まず伸び続けているが、空蝉の場合には、上と下の「この目」が合わさることがない。「夜は覚め昼は眺めに暮らされて春は木の芽も暇なかりける」という歌の通りである。空蝉が、この夜も溜め息をつきながら眠りあぐねていると、先ほどまで一緒に碁を打っていた軒端の荻が、「今夜は、自分の部屋には戻らず、こちらで寝させてもらいます」と言って、珍しく空蝉と話し込んだあげくに、ぐっすり寝込んでしまった。恋の悩みなどとは無縁の若い娘は、まさに熟睡していることであろう。

その時、眠れずに起きていた空蝉は、何者かが自分に忍び寄ってくる物音を聞きつけた。よほど身分の高い男なのだろう、これまで嗅いだことのない気品溢れる薫物を身に染みこませている。いや、その香りは、あの時、光る君とただ一度だけ結ばれた時に、女が嗅いだ男の香りだった。

女は、首をもたげて、秘やかな音と香りの正体を見届けようとした。すると、単衣の帷子を打ちかけている几帳の隙間から、何者かが、少しずつ自分のほうへ近づいてくる動きが、まぎれもなく感じられた。女は、驚きあわて、気が動転して、何も考える心の余裕などなく、音も立てずに起き出した。そして、小袿（上着）を脱ぎ残し、薄い単衣だけを身に纏った姿で、すべるように部屋から抜けだしたのだった。

［宣長説］

宣長は、『湖月抄』の本文、「あやしく夢のやうなることを、心に離るるをりなき頃にて」の「を」が落ちつかず、「の」とあるべきだ、と述べている。

宣長は、空蟬の心の動きよりも、『源氏物語』の本文のほうを気にしている。

［評］　このあと、光源氏は、一人残された軒端の荻と契った。語り手は、そういう光源氏を、「悪(わ)ろき御心浅(みこころあさ)さなンめりかし」と、批判している。

悪事に踏み込もうとする直前の反省を、『湖月抄』は高く評価し、悪事を実行する瞬間を道徳的に批判する。『湖月抄』の道徳読み、教訓読みは、ここでも発動している。

3―4　空蟬の小袿を愛惜する光源氏……後朝(きぬぎぬ)の文(ふみ)

実事のあった翌朝には、男から女へ「後朝の文」を贈る。光源氏は、実事のなかった空蟬に歌を贈り、実事のあった軒端の荻には贈らなかった。

［『湖月抄』の本文と傍注］

（源）しばし、打ち休み給へど、ねられ給はず。御すずり、いそぎ召して、さしはへたる御ふみにはあらで（わざとつかはす文と云ふにはあらで也）、ただ手習(てならひ)のやうに書きすさみ給ふ。

（源）空蟬(うつせみ)の身をかへてける木(こ)のもとになほひとがら（殻）のなつか

しきかな

と書き給へるを、ふところに引き入れて持(も)たり。〔小君のとりたる也〕「かの人も、いかに思ふらん」〔軒端荻也　源心也〕といとほしけれど、かたがたおもほし返して、御ことづてもなし。かの薄衣(うすぎぬ)は、小袿(こうちき)の、いとなつかしき人がに〔人香也　うつりがの事也〕染(し)めるを、身ぢかく馴(な)らしつつ見ゐ給へり。

［湖月訳］

空蟬とは結ばれず、軒端の荻と結ばれた光る君は、自邸（二条院）に戻ってきたあと、しばらく横になられていたが、さまざまに思い出されることがあって、眠れない。急ぎ硯(すずり)を持ってこさせ、緊急の用件を告げる手紙というのではなく、単なる思いつきの歌を書いたという体裁で、歌をお書きになった。

空蟬(うつせみ)の身をかへてける木のもとになほひとがら(殻)のなつかしきかな

(蟬が、木の幹に脱殻(ぬけがら)を残して蟬脱(せんだつ)して、どこかへ飛び去っていった、その木の下で、私は、脱殻のような単衣(ひとえ)を見ながら、私から逃げ出していった人の「人柄(ひとがら)」を懐かしく偲んでいる。)

こうお書きになった歌を、小君は姉の空蟬に見せるために、受け取った。

光る君は、「よんどころない事情で関係した軒端の荻は、今、どういう気持ちでいるだろうか」と、かわいそうにお感じになるが、空蟬のことをいろいろ考えると、軒端の荻には「後朝(きぬぎぬ)の歌」をお遣(つか)わしにはならなかった。

空蟬が脱ぎ捨てて逃げていった薄衣(うすぎぬ)の小袿(こうちき)には、空蟬の体臭が移っていて、それがまことに心惹(ひ)かれる香りなので、光る君は手もとに置いて、何度も見ては、空蟬の人柄を偲んでおられる。

［宣長説］

特に、なし。

ただし、このあとで、空蟬が詠んだ、「空蟬の羽におく露の木隠れてしのびしのびにぬるる袖かな」という歌に関して、重要な指摘を行っている。『湖月抄』が、『源氏物語』よりも百年ほど前の時代の伊勢（女性歌人）が詠んだ古歌を、そのまま空蟬が書き記したとしているのに対して、これは伊勢の和歌を集めた『伊勢集』からの引用ではなく、空蟬が新たに詠んだ歌である、としている。『源氏物語』空蟬巻の歌が、百年も前の『伊勢集』の本文へと混入した、と考えるのである。驚くべき、非凡な着想である。

［評］　「うつせみ」と「から」については、「空蟬は殻を見つつも慰めつ深草の山煙だに立て」という古歌がある。桐壺巻で、桐壺更衣の葬儀の場面でも、この歌を踏まえた表現がある。紫式部は、「うつせみ」という言葉に、強い関心を持っていたのだろう。

また、愛する女性の体に触れていた物に執着するのは、田山花袋の『蒲団』

を連想させる。花袋は、自然主義の文学者であるが、王朝文学にも詳しく、『源氏物語』を読んでいる。

4 夕顔（ゆうがお）巻を読む

4―1 巻名の由来、年立、並びの巻

『湖月抄』は、「源氏十六歳の夏より、十月までの事、見えたり」とする。「夕顔」というタイトルの下に、「幷二（ならびに）」とあり、「これも竪（たて）の並（なら）びなり」とあるのは、帚木巻の「竪の並び」の「一」が空蟬巻で、「竪の並び」の「二」が夕顔巻、という理解である。帚木巻・空蟬巻・夕顔巻は、時間的に連続しており、三巻で一つのまとまりを形成している。

「歌、並びに詞（ことば）を以て、巻の名とす」とあり、「夕顔」という言葉は、和歌の中にも、散文にも見られる、と説明している。

宣長説では、「源氏ノ君、十七歳也」。

4—2　冒頭の一文……六条御息所という謎の女性

夕顔巻の冒頭は、「六条御息所」の存在に触れ、問題を孕んでいる。

［『湖月抄』の本文と傍注］

六条わたりの御忍び〔源氏〕ありきの頃、うち〔内裏〕よりまかで給ふなかやどり〔大弐の乳母の家、五条也〕に、大弐（だいに）の乳母（めのと）いたくわづらひてあまに成りにける〔命乞のため尼になりたるべし〕、とぶらはんとて、五条なる家たづねておはしたり。

［湖月訳］

光る君が、六条にお住まいである六条御息所（ろくじょうのみやすどころ）のお屋敷に、こっそり通っておられた頃のことである。この「六条御息所」は、これまで物語には登場していなかったけれども、光る君のいくつかある通い所（かよいどころ）の一つである。「前坊（ぜんぼう）」、すなわち、東宮（とうぐう）（次期天皇）であった方の妃だったが、前坊の逝去後に、光る君と関係を持った女性である。

ところで、この『源氏物語』に登場する桐壺帝は、醍醐天皇を准拠としている。醍醐天皇の時代に東宮に立ち、逝去したのが、保明（やすあきら）親王である。だから、「前坊」の准拠は、保明親王である。六条御息所の准拠は、保明親王の妃だった、藤原忠平（ただひら）の娘である。彼女は、保明親王の没後には重明（しげあきら）親王の妃となり、「斎宮女御（さいぐうにょうご）」を生んでいる。

その六条御息所のお屋敷に向かう途中で、光る君は、五条に住んでいた大弐（だいに）の乳母（めのと）のお見舞いのために、立ち寄られた。法規によれば、親王には三人、親王宣下（せんげ）を受けない皇子には二人の乳母がいる。桐壺帝の皇子として誕生した光る君にとって、大弐の乳母は、大切な乳母の一人なのである。大弐の乳母の子どもが、光る君の「乳兄弟（ちきょうだい）」で、腹心である惟光（これみつ）である。彼女は病が重くなったので、出家して尼になれば、その功徳（くどく）で寿命が伸びるであろうことを期待して、今は尼になっている。光る君は、その家を捜されてお見舞いなさるのである。

［宣長説］

特になし。

ただし、宣長は『源氏物語』に書かれていない光源氏と六条御息所の馴れ初めを想像して、『手枕』という物語を創作している。それによれば、「前坊」は出家して東宮を下りたあと、病で死去したという設定である。宣長は、自分自身の憧れる寡婦と結ばれる夢を、この『手枕』に託したのかもしれない。

［評］ 六条御息所の「准拠」が、『湖月抄』の言うように、保明親王の妃で、後に重明親王に嫁した女性だとすれば、『源氏物語』の世界と、ぴたりと重なる。ただし、現在は、保明親王妃は、藤原貴子で、重明親王妃は、藤原寛子だとする説が有力である。貴子と寛子の二人は、共に忠平の娘ではある。

4―3　夕顔の宿……「運命の女」との出会い

［『湖月抄』の本文と傍注］

御車(みくるま)入るべき門(かど)は鎖(さ)したりければ、人して、惟光(これみつ)めさせて、
常は大門をば、さしたるべし

またせ給うげる程、むつかしげなるおほぢのさまを、見わた
大路(万)　御路(日本紀)

し給へるに、この家のかたはらに、ひがきといふ物あたらし
大弐乳母の家の辺也　檜垣也　夕顔上のいへのさま也

うして、上(かみ)ははじとみ、四、五間(けん)ばかり上(あ)げわたして、すだ
半蔀也　伊予

れなども、いとしろう、すずしげなるに、をかしきひたひつ
すだれ萱すだれの類なり　翠簾ならば新しきはみどりなるべし　夕顔の家の

きのすきかげ、あまた見えてのぞく。たちさまよふらん下(しも)つ
女ども也　簾に見えすく人影也

かた思ひやるに、あながちに、たけたかき心地ぞする。「いかなるものの、集(つど)へるならん」と、やう(様也)変(が)はりておぼさる。御車も、いたうやつし給へり。さきも、おはせ給はず(忍び給ひたる様也)。「誰(たれ)とか知らん」とうちとけ給ひて、すこしさしのぞき給へれば、かどは、蔀(しとみ)(をり戸なるべし)のやうなるを押し上げたる、見入れの程なく(奥ふかからぬ心也)、ものはかなき住まひを、哀れに、「いづこかさして」とおもほしなせば、玉のうてなもおなじことなり(かやうの葎(ムグラ)の宿のやうなる所も住めば、かくすまるれば也)。きりかけだつ物に(めくといふ心也)、いとあをやかなるかづらの(夕がほのかづら也)、ここちよげに這(は)ひかかれるに、しろき花ぞ、おのれひとりゑみのまゆひらけたる。

「をちかた人に物申す」（源の口ずさみ也）と、（白きは何の花ぞといふ心にて、ひとりごち給ふ也）ひとりごち給ふを、御随身（みずいじん）ついゐて、「かの白く咲けるをなん、夕がほと申し侍（はべ）る。花の名は人めきて、かう、あやしき垣根になん、咲き侍りける」と申す。

げに、いと小家がちに、むつかしげ（むさむさしき心也）なるわたりの、このもかのも、あやしう打ちよろぼひて、むねむねしからぬ軒のつまなど（ごとイ）に、這ひまつはれる（たるイ）を、「口をしの花のちぎりや。」（源詞也）ひとふさ折りて参れ」（随身にのたまふ也）とのたまへば、この押し上げたる門（かど）（前に門は蔀のやうなるを押し上げたるといひし事也）に入りて折る。

［湖月訳］

大弐の乳母の家の前で、光る君の牛車は停まった。ただし、貴顕の人のお車を屋敷の中に引き入れるための正門は、ふだんは錠が鎖して閉まっているので、開けるまでにかなり手間取った。人を遣わして、乳母の子で、外出中の惟光を呼び寄せ、その到着を待つまでの手持ち無沙汰な時間を、光る君は、むさ苦しい庶民の家々が立ち並んだ、下京あたりの大路のようすを、物珍しげに見渡しておられた。

すると、大弐の乳母の家のすぐ近くにある、新しく作ったばかりの檜垣という物が、周囲に巡らされている家が目に入った。上のほうは、半蔀を、七、八メートルにわたって上げわたし、伊予簾か萱簾であろうか、白く涼しげな簾が掛かっている。その簾の隙から、美しい額の女たちが何人も、こちらを覗いているのが透けて見える。その額の見える場所が高いところなので、彼女たちの足が床の上ではなく、地面に直接付いているのならば、ひどく身長の高い、異形の女たちが、この家には巣くっているように思われる。「この家には、どういう素性の女たちが集まっているのだろうか」と、不思議に思った光る君は、好奇心を掻き立てられた。

光る君は、六条御息所との秘密にしておきたい情事のための外出なので、牛車も、格式張らない網代車に乗っておられた。身分を知らせないために、先払いもさせておられない。「この車に乗っているのが私であるとは、誰にもわかるまい」と、光る君は気を許して、興味を抱いた謎の家を、ちらっと覗き込まれる。

門は、蔀（折戸）のようなものを、上に押し上げているので、中の様子が見える。奥行はほとんどない。造りも調度も、いかにも粗末である。あまりの貧しさに、光る君は「哀れ」とお感じになったが、ふと考え直した。『古今和歌集』に、「世の中はいづこかさして我がならん行きとまるをぞ宿と定むる」という歌がある。また、『古今和歌六帖』には、「何せむに玉の台も八重葎生へらん宿に二人こそ寝め」という歌もある。この二つの歌を心に思い浮かべるならば、今の自分が住んでいる二条院は、豪奢な「玉の台」であり、今、目にしている五条の家は、八重葎の生い茂る陋屋ではある。ただし、この無常な人生で人が暮らすのは、「仮の宿り」であるという点では同じことだ。大切なのは、限りある人生を、愛し合う男女が、二人で仲良く共寝できるかどうか、なのだ。このように、たまたま目にした光景から、深い人生観を抱かれるのが、光る君の人間性の素晴らしさである。

切懸（板を連ねて垣にしたもの）のような物に、たいそう青い蔓が、我が物顔に、縦横無尽に絡みついている。その蔓草の中で、白い花が咲いている。家は粗末で、見るからに貧しそうなのに、この花は、自分一人だけは、ここでの暮らしに満足しているかのように、眉を上げて、にっこり笑っているように見える。

光る君は、なにげなく、「遠方人に物申す」と、独り言を口にされた。これは、『古今和歌集』の、「うちわたす遠方人に物申す我そのそこに白く咲けるは何の花ぞも」という旋頭歌の一節である。『古今和歌集』では、この白い花は「梅」を指しているのだが、自分が目にしている白い花は何だろうか、見たこともないな、と疑問に思われたのである。

光る君の護衛を務めている随身が、お答えしようとして、跪き、「畏れながら申し上げます。あの白く咲いている花を、下々の者は『夕顔』と申しております。『夕べの顔』とは、まことに人間らしい名前ではありますが、このような、下々の者どもの住む粗末な家に咲くのでございます」とお答えした。なるほど、五位以上の貴族の屋敷で、この花を御覧になったことは、これまでになかった。

それにしても、随身の言う通りである。狭く、むさ苦しい家ばかりが密集しているこのあたりで、あちらこちらに、今にも倒れそうな、本式の建築がなされていない陋屋の軒の先などに、この「夕顔」とか言うらしい、白い花が絡みついて咲いている。身分の高い貴族の家には植えられず、庶民の家にしか植えられない夕顔の花を見ながら、光る君は「それにしても、かわいそうな花の定めだ。一房、折って、持ってきなさい」と、おっしゃる。命じられた随身は、門の蔀があらかじめ押し上げてあったので、そのまま中へ入ってゆき、折り取った。

［宣長説］「むねむねしからぬ」は、俗に言う「しかともせぬ」という意味で、はかなきさまを言う。

［評］『湖月抄』の読み癖の一つに、「給ひける」を「給うげる」と読むことがある。桐壺巻の有名な冒頭も、「あまたさぶらひ給うげる中に」と読ませたいのだろう。この箇所は、指示通りに「給うげる」（タモウゲル）と読んでおく。

なお、『湖月抄』の傍注には、「夕顔の上」という呼称が記されている。この「上」という言葉には、はなはだ違和感がある。「葵の上」や「紫の上」のように、「上」は妻の待遇を受ける女性を呼ぶ際に用いられる。夕顔は、妻ではなく、愛人、通い所でしかない。

旋頭歌（せどうか）は「五七七五七七」の音律だが、「五七五七七七」で解釈されてきた歴史がある。では、紫式部は、どう区切って読んでいたのだろうか。「うちわたす／遠方人（をちかたびと）に／物申すわれ／そのそこに／白く咲けるは／何の花ぞも」なのか、「うちわたす／遠方人（をちかたびと）に／物申す／われそのそこに／白く咲けるは／何の花ぞも」なのか。私は、後者（五七五七七七）の可能性も高いと考えている。

なお、「このもかのも」という言葉について、『湖月抄』は、筑波山（つくばやま）の斜面に限るという俊成説と、筑波山に限定せず、「あちらこちら」という意味でどこでも使う、という定家説の対立を紹介している。夕顔巻の用例は、定家説に分（ぶ）がある。

4—4　夕顔の花の歌……解釈が一つに定まらない歌

随身は、夕顔の花を折り取ろうとして、夕顔の家の庭に入る。すると、家から出て来た女に、歌の書いてある扇を手渡された。光源氏は、乳母の病気を見舞って励ましてから、この扇を見た。

『湖月抄』の本文と傍注

修法(ずほふ)など、又々(またまた)はじむべきことなど〔祈りをはじめらるる事也〕、掟(おき)てのたまはせて、出で給ふとて、惟光に紙燭めして、ありつる扇御覧ずれば〔先づとぶらひをし給うて後、扇御覧ずる心殊勝也〕、もてならしたるうつり香(が)〔此の扇持ち馴れたる人のうつり香のしみたる也〕、いと、染(し)み深う、なつかしうて、をかしう、すさび書きたり〔面白く、ちらしがきなどにせし也〕。

心あて〔夕顔の官女〕にそれかとぞ見る白露の光そへたる夕がほの花

そこはかとなく、書きまぎらはしたるも、あてはかに〔手跡のけ高き心也〕、ゆ(ゆゑ)

ゑづきたれば（ゆゑしき也）、いと思ひのほかに、をかしうおぼえ給ふ。（帚木の巻、あばれたらんむぐらの門にといへる類也）

（中略）

御たたうがみ（ふところがみ也）に、いたう（手をかきかへ給ふ也）、あらぬさまに（用心ふかき也　若菜の下に、柏木が文のかきざま、しかるべからざる由、源ののたまふも此の心也）、書きかへ給ひて、

よりてこそそれかとも見めたそがれにほのぼの見つるはなの夕顔（源　なれちかづきて也）

ありつる御随身（夕顔折りし随身也）召して、つかはす。まだ見ぬ御さまなりけれど、いとしるく思ひあてられ給へる御そばめ（かたはらめ也　源氏のわき顔をいふ也）を見すぐさで、さしおどろかしけるを、御いらへもなく程へければ、なまは

したなきに、かく、わざとめかしければ（きと、わざとのやうに御返事のある也）、あまえて、「いかに聞こえん」など、言ひしろふべかンめれど（女房ども云ひあへる也）、「めざまし」と思ひて、随身は参りぬ。

［湖月訳］

光る君は、女から渡された扇を見ることよりも、乳母（めのと）のお見舞いのほうを優先された。このような優しさが、光る君の人間性の優れた点である。ひとしきり、乳母や、彼女の親族たちとお話をされたあと、「乳母が早く治るように、これから、加持祈禱を始めるとよい。その費用は、私が手配しよう」とおっしゃって、一同を感激させてから、光る君は、今夜のお目当てである六条わたりへ向かおうとなさる。

その前に、「例の扇を確認しておこう」と思われ、紙燭（しそく）を持ってこさせた。というのは、乳母の見舞いが長くなり、あたりは既に暗くなっていたからである。

扇には、それを手にして使っていたであろう女が、衣服にたきしめていた薫物の移り香が、深く染みこんでいた。その香りが、何とも魅惑的だった。扇には、これまた魅力的な筆蹟で、歌が散らし書きされていた。

　心あてにそれかとぞ見る白露の光そへたる夕がほの花

（その牛車に乗っておられるのは、私どもの見間違いかもしれませんが、噂に高い「光る君」ではないでしょうか。そう思っただけで、我が家の夕顔に置いた白露も、光る君の「光」によって、さらに輝きが増したように思われます。）

なお、この歌を、夕顔に仕える女房たちが、光る君を頭中将と見間違えて詠みかけたとする説もあるが、取らない。

もう少しあとでわかることだが、この時、夕顔は頭中将の北の方に脅されて、身を隠していた。だから、歌の作者が夕顔本人なのか、夕顔に仕える女房なのかが、すぐにはわからない、曖昧な詠み方になっているのである。

光る君は、この歌と筆蹟を御覧になる。書き手が誰であるかを、意図的にぼかして書いてある。いかにも教養がありげで、雰囲気も高貴そうである。帚木巻の「雨夜の品定め」で、荒れ果てた家に、思いのほかに素晴らしい女が住んでいることがある、などと話題になっていたことを思い出し、面白く思われた。

（中略）

光る君は、懐（ふところ）から畳紙（たとうがみ）を取り出して、女の歌への返事をお書きになる。女の歌では、誰が詠んだのか、すぐにわからないように曖昧に詠んでいたので、光る君のほうでも、いつもの筆蹟とはかなり違えて、文字をお書きになる。

光る君には、生来（せいらい）、こういう用心深いところがあった。後年、若菜下巻で、柏木（かしわぎ）が女三の宮（おんなさんのみや）に宛（あ）てた恋文が、いつもの柏木の筆蹟そのものだったので、それを見つけた光る君は、「こういう手紙は、筆跡を変えて書くものだ」と述懐されている。光る君は、若い頃から、誰にも教わらずに、こういう熟慮がお出来になったのである。

　よりてこそそれかとも見めたそがれにほのぼの見つるはなの夕顔

（私の横顔を見て、「光る君だと思われます」と推測したようだけれども、黄昏時（たそがれどき）に、ちらっと見ただけでは「美しい」などと、わかるはずがないでしょう。もっと近くから、私の顔を御覧になったらよいでしょうね。あなたは、ぜひとも、そういう機会を作っていただけませんか。）

先ほど、宿の中に入ってゆき、夕顔の花を折り取った随身を召して、この歌を届けさせる。

いっぽう、女の側では、初めて見たお顔だったけれども、はっきりと推測できる美貌だったので、「光る君ですか」と呼びかける歌を、すぐさま贈ったものの、いっこうにお返事がないので、間の悪い思いをしていたところへ、このように、「親しくなりたい」というお返事が届いたものだから、舞い上がってしまい、いい気になった。「このお歌には、どういう歌を返したらよいでしょうか」などと大騒ぎしているようだった。けれども、随身は、「光る君は、自分の恋の相手にするつもりもない女たちに、たわむれで歌を詠まれただけなのに、本気になるとは、みっともないことだ」と呆れて、返事も受け取らずに、そのまま戻ってきた。

[宣長説]

夕顔の歌の解釈を、『湖月抄』は間違っている。光源氏の美貌によって、夕顔の家の夕顔の花の露が光を増すのではない。光源氏を「夕顔の花」に喩えて、称賛しているのである。「白露の光が光っているように、光り輝くお顔の持ち主は、さだめて光る君であろうか」と、夕顔たちが推測している、というのである。

また、光源氏の歌も、『湖月抄』に書かれている別の解釈が参考になる。それは、女たちが、近くに寄って、光源氏を見たらよい、と言っているのではなく、光源氏自らが、「あなたたちに近寄って、親しくなりたい」と申し込んでいる、という解釈である。この解釈も可能ではあるが、やはり、『湖月抄』が最終的に採用した解釈のほうが妥当だろう。

［評］　現在、最も権威がある「新編日本古典文学全集」は、光源氏の歌に関して、宣長が考慮したうえで採用しなかった説（光源氏が、夕顔の花のようなあなたとお近づきになりたいと詠んだ、という説）を採用している。また、女からの歌も、基本は『湖月抄』と同じではあるが、「夕顔の花」が主語で、「心当てにそれかとぞ見る」が述語である、と解釈している。

通常は、『湖月抄』と宣長説だけで、現代に至るまでの解釈の変遷史がたどれるのだが、この贈答に関しては、「宣長以後」も、諸説が入り乱れている。それだけ多義的で、わかりにくい和歌なのである。

4―5　素性を女に明かさない光源氏……異類婚姻譚の雰囲気

惟光（これみつ）の手引きで、光源氏は夕顔と結ばれる。ただし、自分の素性は明かさなかった。男のほうでも、女の素性を知らない。女の素性について、光る君は、もしかしたら「雨夜の品定め」で頭中将が語っていた、突然に姿を消した愛人だろうか、と思うものの、確証は得られなかった。

［『湖月抄』の本文と傍注］

いと、（別して、やつしたるすがた也）ことさらめきて、（ことさらめきは態（わざ）とめく也）御さうぞくをも、やつれたるかりの御ぞ（かりぎぬ也）を奉り、さまをかへ、かほをも、ほの見せ給はず。（顔をつつみておはせしにや）夜ふかき程に、人をしづめて、出で入りなどし給へば、（夜ぶかに忍びて、来たり、かへりたり、し給ふ也）むかしあ（夕顔心也）

りけんもののへんぐゑ（「へんげ」と言ふやうによむべし　変化）めきて、うたて思ひなげかるれど、人の御けはひ、はた、手さぐりにもしるきわざなりければ、「誰（たれ）ばかりにかはあらん。なほ、この好き者のし出でつるわざなンめり」（此の程惟光がしいでたる事と此の女の推する也）と、たいふ（惟光也　大夫也）をうたがひながら、せめて、つれ（惟光、強面（こはもて）に）なくしらず顔にて（源氏のかよひ給ふ事のゆゑをしらずがほする也）、かけて思ひよらぬさまに、たゆまず（油断なく也）あざれありけば、「いかなることにか」と心えがたく、女がたも、あやしう、様（やう）たがひたる物思ひをなん、しける。

［湖月訳］

光る君は、細心の注意を払って素性を隠し、女の家に通われる。衣裳も、質素な狩衣（かりぎぬ）をお召しになるなどして、ふだんとは身なりを変え、お顔も布などで覆って、女にお見せにならない。夜が完全に暗くなり、女房たちが寝静まってから、こっそり女の部屋に入ってきては、まだ暗いうちに部屋から出ていかれる。

女の側からすると、昔の、神話などに書かれている、人間ならぬ異類の訪れのようでもあり、薄気味が悪く、嘆かわしく思われてならない。たとえば、大和の国の三輪明神が、ヤマトトトビモモソヒメのもとへ、昼は来ず、夜だけ通ってきたが、その正体は小さな蛇だった、という神話などが、女の心をよぎった。

けれども、暗闇の中の情事ではあるものの、女は、自分の手に触れる男のようすから、よほど身分の高い、高貴な人物に違いないと思われるので、「いったい、どなたなのだろう。この家にしきりに出入りしている、あの好き者が導き入れたのだろうか」などと、惟光の介在を疑うのだった。けれども、面の皮の厚い惟光は、女の抱いている疑心には、まったく気づいていないふりを装い、「自分は、あの男とは何の関係もありませんよ」と言わんばかりの態度で、平然と出入りを繰り返している。女は、「いったい、どういうことなのか」と、自分の置かれている状況が理解できず、不思議で、世にも奇妙な物思いに駆られてしまうのだった。

［宣長説］

光源氏が、ここまで素性を隠したのは、卑しい家に通い詰めることを、深く慎んだからである。この宣長の見解は、まことに合理的である。合理的思考をする宣長が、時として非合理的な恋情の爆発を肯定することがある。それが、「もののあはれ」なのだ。

［評］　夕顔の立場から見ると、三輪山神話が踏まえられている。いわゆる「異類婚姻譚（いるいこんいんたん）」である。ただし、光源氏の側も、女の素性を知らないので、光源氏の側から見ても、「異類婚姻譚」である。二つの異類婚姻譚が、入り交じり、錯綜し、物語は異様な展開を辿る。それは、「もう一つの異類」（廃院の物の怪（もののけ））の出現だった。

4―6　八月十五夜の契りと、庶民の暮らしぶり……貴族と民衆

［『湖月抄』の本文と傍注］

八月十五夜〔陰陽交会を忌む日也といへり〕、くまなき月かげ、ひま多かる板屋（いたや）残りなく漏りきて、見ならひ給はぬ〔源の心也〕住まひのさまもめづらしきに、暁（あかつき）近くなりにけるなるべし、隣の家々（いへいへ）、あやしき賤（しづ）の男（を）の声々（こゑごゑ）、目さまして、「あはれ〔賤が詞也〕、いと寒しや。今年こそ、なりはひ〔田はたのつくりものの事也〕にも頼む所すくなく、田舎（ゐなか）のかよひも思ひかけねば〔商人などのわざも思ひかけずと也〕、いと心細けれ。北殿〔北隣のひとを云ふ〕こそ、聞き給ふや」など、言ひかはすも聞こゆ。

いと哀れなるおのがじしの営みに、起き出（い）でて、そそめきさ（夕顔の居給ふわたりへ）わぐも（近く聞こゆる也）、ほどなきを、女（夕）、いと恥づかしく思ひたり。艶（えん）だち、気色（けしき）ばまん人は、消えも入りぬべき住まひのさまなンめりかし。

されど、のどかに（夕の体也）、つらきも、憂（う）きも、かたはらいたきことも、思ひ入れたるさまならで、わがもてなし・ありさまは、いとあてはかに、こめかしくて（巨めかしく也）、又なく（大やうなる也）、らうがはしき隣の用意なさを、いかなることとも聞き知りたるさまならねば、なかなか、恥ぢかがやかんよりは（中中はぢぬさまのよきとなり）、罪ゆるされてぞ見えける。

ごほごほ（からうすの音也）と鳴る神よりも、おどろおどろしく、踏みとどろかすからうすの音も、まくらがみ（枕の上也）とおぼゆ（ちかくきこゆる様也）。「あな、耳かしがまし」（なにごともしり給はねども）と、これにぞおぼさるる（からうすの音には、かしがましと源のおぼす也）。何（なに）のひびきとも聞き入れ給はず。いと、あやしう、めざましきおとなひとのみ聞き給ふ。くだくだしきことのみ多かり（此の家のあたり、みな賤のいとなみなればなり）。

［湖月訳］

八月十五夜は、言わずと知れた「仲秋の名月」である。「八月」は「はちがち」と音読みする場合と、「はづき」と訓読みする場合とがある。人々が名月を愛（め）でる一夜であるが、男女が交わりを持つのは避けるべきだ、不吉だ、とする風習もある。けれども、光る君は、夕顔と逢うために、因襲などには囚われず、この夜も足を運ばれる。

名月の光が、空には皓々（こうこう）と照り渡っている。夕顔の住んでいる家は、屋根もまばらで、隙間（すきま）が多いので、月の明るい光が思う存分に部屋の中まで漏れ入（い）ってくる。立派な屋根のある邸宅に住み馴れている光る君は、女の家がいつもとは違う雰囲気なので、そういう光景までも物珍しくお感じになる。

そのうち、夜明けが近づいてきたのでしょうか、隣の家々から、これまで耳にしたこともないような野太い庶民の声が、いくつも聞こえてきました。その声で、光る君も目を覚まされます。

聞こえてきたのは、「おうおう、えろう寒いこっちゃな」とか、「今年の秋は、田んぼの収穫も駄目やったし、田舎（いなか）へ出かけて物を売ろうにも商売あがったりやし、ろくな事がないわ。おおい、北隣（きたどなり）さんよ。お返事がないけれど、聞こえてますかいな」などという会話なのだった。

庶民たちは、細々（ほそぼそ）とした自分たちの生計を立てるために、こんなに朝早くから起き出して働き始め、大騒ぎしているのである。その声々が、壁越しに、光る君と同衾（どうきん）している自分の家にまで筒抜けに聞こえてくるので、女は、光る君がどうお聞きになるかと思うと、恥ずかしい気持ちになる。語り手の私から見ても、確かに、風流ぶって、お上品に振る舞いたい女ならば、死んでしまいたくなるほど恥ずかしい住環境なのでしょう。

けれども、この女は、したたかである。何事にもおっとりしていて、こんな小家に住む身の上を恨めしく思ったり、光る君の耳にどう聞こえるか、きまり悪く思うこともあるだろうに、そんなことは耳にしなかったように振る舞っている。その物腰や雰囲気は、とても品が良く、鷹揚（おうよう）で、隣から聞こえてくる雑音や騒音を、「何のことか、まったくわかりませんわ」と言わんばかりの、素知らぬふりをしているので、光る君の目からも、無難な振る舞いに見える。

そのうち、隣から、コーコー、ゴーゴーという、雷鳴よりも大きな、恐ろしい音が聞こえてきた。「天（あま）の原（はら）踏（ふ）み轟（とど）かし鳴（な）る神（かみ）も思（おも）ふ仲（なか）をば裂（さ）くるものかは」という『古今和歌集』の歌があるが、まったく、雲の上の雷神が大きな音を立てて大空を踏みしめているかのような音が、光る君の枕元で鳴り響くのだった。それは、唐臼（からうす）をつく音なのだった。むろん、光る君は、それが何の音なのか、まったくご存知ない。さすがに、この音に関しては、「異様で、嫌になるくらいの騒音だ」と辟易（へきえき）なさる。

この女が住んでいるのは、貧しい庶民たちの小家が蝟集（いしゅう）しているあたりなので、彼らの立てる生活音が、何かと耳に障（さわ）るのだった。

【宣長説】

『玉の小櫛』には書かれていないが、『古事記伝』には、「からうす」の漢字表記は、「唐臼」ではなく「柄臼」だという説が書かれている。

【評】庶民の生活ぶりが活写されている。

雷鳴のオノマトペは、『湖月抄』には、「コホコホ」と「ゴホゴホ」の二つの説が紹介されている。実際の発音が、「コホコホ」「ゴホゴホ」なのか、「コーコー（コオコオ）」「ゴーゴー（ゴオゴオ）」なのかは、よくわからない。

4—7 何某の廃院にて……「物の怪」の出現

光源氏は、夕顔を、「何某の廃院」へと連れ出す。ここは、古来、源融の「河原院」が准拠だとされている。河原院は、六条坊門の南、万里小路の東にあった。

［『湖月抄』の本文と傍注］

「内（うち）に、いかに求めさせ給ふらんを。〔源の心也　禁中にたづね給ふべきを、と也〕いづこに尋ぬらん」とお〔源の忠孝の御心、殊勝也〕ぼしやりて、「かつは、あやしの心や。六条わたり〔御息所をいへり〕にも、いかに思ひみだれ給ふらん。うらみられんも苦しう、ことわりなり」と、いとほしき筋〔六条院の御息所の事也〕は、まづ思ひ聞こえ給ふ。何心もなき差（さ）し向（む）かひを、「あはれ」とおぼすままに、「あまり心ふかく、見る人も苦しき御（み）ありさまを、少し取り捨てばや」と思ひ比べられ給ひける。

宵（よひ）過ぐる程に、少し寝入り給へるに、御まくらがみ（源の枕上也）に、いと（御息所の）
（念なるべし）をかしげなる女ゐて、「おのが、いとめでたしと見奉るをば、
たづねもおもほさで、かく、ことなることなき人を率（ゐ）ておは
して、ときめかし給ふこそ、いとめざましく、つらけれ」と
て、この御かたはらの人（夕顔の上也）を、かき起こさんとす、と見給ふ（夢に見給ふ也）。
もの（源の心）におそはるる心地して、おどろき給へれば、火も消えに
けり。

［湖月訳］

夜になり、おそろしげな雰囲気の廃院で、女と同衾している光る君は、心の中では、今

の自分がしていることを、冷静に考えておられた。「今頃、宮中では、父上の桐壺帝が、私を呼び寄せようとして、求めておいでではなかろうか。私の居場所は、惟光のほかは誰も知らないので、使いの者は、どこを捜して、私を見つけようとしているのだろうか」と、こんな時にも、父君のことを思う忠孝の心を発揮されるのだった。

その一方で、「それにしても、自分でも、自分の心がよくわからないな。ここのところ、この女（夕顔）に夢中になっているので、六条御息所には、とんと、ご無沙汰が続いている。気位の高いお方だから、おそらく、ひどく思い詰めて、苦しんでいらっしゃるに違いない。御息所から私が恨まれるのも、苦しいことだが、身から出た錆（さび）なので、ある意味では仕方のないことだ」などと、いたわしい女性という点では、この六条御息所のことを真っ先に、心に思い浮かべるのだった。

それに対して、この女（夕顔）は、何も考えていないし、悩んでいないような感じで、ぴったり光る君に寄り添い、夜を過ごしている。そういう女を、「いじらしい」と思う一方で、「あまり心がないような性格も、よくないので、改めてほしいな。また、六条御息所は、あまりに心が深すぎて、そばの人までも苦しくなってしまうので、そちらも性格を改めてほしいな」と、二人の女（夕顔と御息所）の性格を思い比べては、「帯に短し、襷（たすき）に長し」とお考えになるのだった。

　ここで、光る君は、六条御息所のことを心の中で考えていた。この時、光る君の心と、御息所の心とが通じ合った。だから、このあとで、御息所の霊魂が、廃院に姿を現すことになったのである。

　午後十時を過ぎた頃だろうか、光る君は、ふとお眠りになった。すると、光る君の枕上に、御息所であろうか、上流階級とすぐにわかる女性が、「光る君。あなたをお恨み申し上げます。私が、これほどまでに、そなたを素晴らしい殿方だとお思い申し上げているというのに、少しも私のもとへ足を運んでくださらないではありませんか。それどころか、こんな、取るに足らない女を、ここまで連れ出していらっしゃって、ちやほやと愛の言葉を囁かれているのは、まことに心外で、恨めしいことです」などと言うではないか。

　光る君は、夢の中で、「この女（夕顔）は、せいぜいが三位の貴族の娘であろう。大臣の娘である御息所は、かつては、亡き東宮の妃でもあられた。そういうお方を、かつて熱心に言い寄ったものの、今では足が遠のいてしまったので、この女（夕顔）が癪にさわるのだろう」などと、考えていた。

　すると、これも光る君の夢の中で、御息所と思われる女が、光る君と共寝している女

（夕顔）を、無理矢理に引き起こして乱暴しようとしている。
ここで、光る君は、はっとして、目が覚めた。恐ろしい魔物に襲われたような恐怖を感じて、ぞっとしたのである。周りを見回すと、確かに点けておいていたはずの燈火が、消えている。

［宣長説］
光源氏は、夕顔については、欠点を改めてほしいなどと思っていない。六条御息所に対してだけ、性格を改めてほしいと願っているのである。
夕顔は、確かに三位の貴族の娘であると、後に判明するが、ここでは、「取り立てて優れていない女」くらいの意味で、読むのがよい。

［評］『源氏物語』では、「物の怪」が跳梁跋扈している。生きている人の魂が身体から遊離してさまよい出る「生霊」と、この世に恨みや未練、執着を残して死んだ人の魂が、生きている人の夢枕に立つ「死霊」がある。
桐壺帝（桐壺院）や藤壺も、死後に夢枕に立っている。その中で、六条御息所

は、生霊にもなり、死霊にもなった、稀有の存在である。この場面は、六条御息所の「生霊」のようだと、光源氏に思われている。

ただし、次の場面では、廃院・廃屋に棲みついている昔の人の霊魂が祟りをなした、という要素も加味されている。「廃院の怪」の正体は、現代でも不明である。それは、正体が不明であるように、作者が書いているからである。「夕顔殺人事件」の真犯人は、永遠にわからない。

4―8　夕顔の死……男の腕の中で死んでゆく女

物の怪に襲われた光源氏は、腹心の惟光を呼ぶが、惟光は自分自身の恋愛のため、近くにいなかった。光源氏は、不安な中で、必死に夕顔を守ろうとする。警備の者に燈火を持ってこさせたが、夕顔は既に息絶えていた。

〔『湖月抄』の本文と傍注〕

ただ、この枕上(まくらがみ)に、夢に見えつるかたちしたる女、面影に見えて、ふと消えうせぬ。「昔物語なンどにこそ、かかることは聞け」と、いと珍らかに、むくつけけれど、まづ、「この人は、いかになりぬるぞ」とおもほす心さわぎに、身の上も知られ給はず、そひふして、「やや」と驚かし給へど、ただ冷(ひ)えに冷え入りて、息は、とく絶え果てにけり。言はんかたなし。

（傍注：枕上→枕上についゐて、といへる女の面影にみえたる也　は、→イニナシ　そひふして→夕顔上に也）

［湖月訳］

光る君は、廃院の管理をしている者の子に命じて、燈火を持ってこさせた。この男は、宮中で「滝口の武士」を勤めているのだった。彼が持ってきた光があたりを照らした瞬間、先ほど見ていた夢の中で、自分の枕上に膝をついて座り、自分を愛してくれないことへの不満を口にした女の面影が、ちらっと見え、すぐに消えた。

光る君は、「昔物語などでは、こういう魔物が出現するのを聞いたことがある。まさか、現実に、このようなことが起ころうとは」と思い、めったにない不思議な体験を自分がしていることに改めて気づき、生理的な嫌悪感を催された。

この「昔物語」というのは、『河海抄』に詳しく書かれているけれども、宇多法皇の故事を指している。宇多法皇は、京極御息所と同じ車に乗って、源融がかつて住んでいた河原院にお渡りになった。その時、源融の霊が、祟りをなして、御息所の息が絶えてしまったのである。このあと、浄蔵貴所という僧侶が召されて祈禱したので、御息所は息を吹き返した、とされる。

ご自分のお命も危ぶまれる状況ではあるものの、光る君は、何よりも、「この女（夕顔）はどうなるのだろうか」と、胸が痛くなるほどに、そのことを心配なさる。光る君は、女の体に寄り添い、抱きながら臥し、「ほら、ほら、ねえ、起きてよ」と、女を正気に戻そうとなさるが、女の体は、ただただ冷えてゆく一方で、とっくに息は絶えていたのだった。
光る君は、言葉もなく、茫然としているだけだった。

[宣長説]

宣長は、特段の意見を述べていない。ただ、宣長が所持していた『湖月抄』には、『河海抄』が紹介している宇多法皇・京極御息所・源融の「昔話」を、『江談抄』（十二世紀初頭の説話集）の本文で、全文を引用して書き込まれている。

[評]　融の霊は、『江談抄』では宇多法皇の腰に抱きつき、『河海抄』では、京極御息所の腰に抱きついて、祟りをなしている。京極御息所を蘇生させた浄蔵貴所には、父親（三善清行）を蘇生させた「戻橋」伝説などもあり、強い法力で知られた。

光源氏には、夕顔を蘇生させてくれる高僧は現れず、夕顔は光源氏の目の前で死んでいった。

このあと、光源氏は、惟光と謀（はか）って、東山で夕顔の葬儀を執り行った。帰宅後は、病に臥し、一時は命も危ういほどだったが、かろうじて癒えた。

4—9 空蟬に、小袿を返す……十六歳の恋の終わり

空蟬は、夫（伊予の介）の任国である伊予の国に下向することになった。光源氏は、空蟬に、餞別に添えて、彼女が脱ぎ捨てて逃げだした小袿（こうちき）を返還するのだった。

［『湖月抄』の本文と傍注］

伊予の介、神無月（かみ(ン)なづき）のついたちごろ（必ず朔日にもかぎるべからず）にくだる。「女房（空蟬の方へ也）のくだらんに」とて、たむけ（旅の餞也）、心ことにせさせ給ふ。また、うちうち

にも、わざとし給ひて、こまやかに、をかしきさまなる櫛（くし）・扇（あふぎ）多くして、幣（ぬさ）など、わざとがましくて、かの小袿もつかは（前のもぬけを返し給ふ也）す。

（源）逢ふまでのかたみばかりと見しほどにひたすら袖のくちにけるかな

（草子地也）こまやかなることどもあれど、うるさければ書かず。

（伊予介への表向きの使は返りたる也）御使ひ帰りにけれど、（是は内々の返事也）小君して、小袿の御返りばかりは聞こえさせたり。

（空蝉）蝉の羽（は）もたちかへてける夏衣（なつごろも）かへすを見てもねはなかれ

けり

思へども思へども也　深く思ふ時の詞也

「思へど、あやしう、人に似ぬ心づよさにても振りはなれぬるかな」と、思ひつづけ給ふ。

地 今日ぞ、冬立つ日なりけるも著（しる）く、うちしぐれて、空の気色（けしき）、いと哀れなり。ながめ暮らし給ひて、

源〽 過ぎにしも今日わかるるもふた道（みち）に行くかたしらぬ秋の暮（くれ）かな

草子地也　空蟬の事も夕顔の事も皆人しれぬ事也

「なほ、かく、人しれぬことは、苦しかりけり」と、おぼし知りぬらんかし。かやうのくだくだしきことは、あながちに隠

ろへしのび給ひしも、いとほしくて、皆、漏らしとどめたるを、「など、帝の皇子ならんからに、見ん人さへかたほならず、ものほめがちなる」と、作りごとめきて取りなす人、ものし給ひければなん。（かくのごとく書きしるせりと、ふくめたり）あまり物言ひさがなき罪、避りどころなく。

［湖月訳］

空蟬の夫である伊予の介は、任国の伊予に、旧暦十月の上旬に、下向することになった。伊予の介の政界での庇護者である光る君は、「このたびの下向には、そなたの妻や侍女たちも同行すると聞いたので」とおっしゃって、伊予の介に、普段よりもたくさん餞別の品物を贈られた。

また、伊予の介には内緒で、こっそり、空蟬へも心のこもった餞別をお贈りになる。美しい櫛や扇などである。櫛は、絡まり合って乱れた髪の毛に正しい筋目を付ける物であるし、扇（あふぎ）は、再び「逢ふ」に通じるので、縁起物として旅の餞に愛用される。また、道中で、あちこちの道祖神に手向けるために必要な幣なども、光る君が特別に仕立てたとわかるようにして、贈られる。

それらの贈り物の中に、あの小袿も一緒にお入れになる。光る君が迫って来た夜に、空蟬がとっさに脱ぎ捨てていった、あの小袿である。その小袿には、光る君の歌が添えられていた。

逢ふまでのかたみばかりと見しほどにひたすら袖のくちにけるかな

（『古今和歌集』に、「逢ふまでの形見とてこそ留めけめ涙に浮かぶもくづなりけり」という歌があり、女の「裳」と「藻」の掛詞です。私もまた、あなたの脱ぎ捨てていった衣を、次に逢うまでのあなたの形見として偲んできましたが、ついに二度目の逢瀬は叶いませんでした。私が小袿に注いだ大量の涙によって、この小袿の袖は、こんなに朽ちてしまいましたよ。）

なお、この別れに際して、伊予の介と空蟬が旅立つまでには、いろいろと書くべきことがあるのですが、光る君の物語の本筋とは関わらないので、省略することにします。ただし、女の返事だけは、書き記しておきましょう。その返事は、伊予の介にたくさんの餞別を届けた光る君の使者が帰ったあとで、こっそり、弟の小君に、届けさせたのです。

　蟬の羽もたちかへてける夏衣かへすを見てもねはなかれけり

（今は初冬の神無月です。薄い蟬の羽のような夏の小袿などは不要になったということで、あなたは私にお返しになられました。もはや、あなたには私と逢うおつもりはないのだとわかりましたので、涙があふれてきました。）

光る君は、空蟬の返歌を御覧になって、「考えても、考えても、不思議な性格の女性だったな。ここまで意志の強い女は、ほかにはいないだろう。そして、私に靡くことなく、私の願う愛の世界には入ってこずに、関係が終わってしまった」と、思い続けられる。その日は、立冬なのでした。冬になったら降るとされる時雨が、さっそく空から降ってきて、しみじみとした雰囲気の空模様だった。光る君は、ずっと物思いに耽りながら、初冬の空を眺めておられる。そして、歌を口ずさまれた。

　過ぎにしも今日わかるるもふた道に行くかたしらぬ秋の暮かな

（暦の上で、今日は秋が終わり、冬が始まる日。私の人生でも、夕顔が死んでしまい、空蟬は遠い国へと旅立ってしまう日。去ってゆく秋の行方が、誰にもわからないように、私の青春の行方がどこなのかも、わからない。）

この歌は、『斎宮女御集』の「過ぎにしも今行く末も二道になべて別れのなき世なりせば」という歌を踏まえている。

さて、ここまで、光る君の秘密の恋愛を語ってきましたが、光る君は、「人には知られないように努めてきた、空蟬や夕顔との恋は苦しいものだった」と、心の底から思い知らされたことでしょう。こういう、厄介な情事については、光る君ご自身は極力、内密にしておられることを承知していますので、この物語を語り進めている私も、これまで話題にすることをしてこなかったのです。

けれども、「光る君が、桐壺帝のお子様という、高い身分であるから、依怙贔屓して、良くないことを知っているのに、あえて真実を書かず、良い点ばかりを褒めちぎっているのは、いかがなものでしょうか」と、まるで、私の語っている『源氏物語』が、真実味に欠ける「作り話」のように批判する人もいらっしゃるようです。

その批判に応えるために、私は帚木・空蟬・夕顔という、三つの巻を語ってきたのです。今、読み返してみると、あまりにも赤裸々ですので、私が後世の読者から、おしゃべりな女だ、という咎めを受けるであろうことは、いたしかたありますまい。

［宣長説］

「こまやかなることどもあれど、うるさければ書かず」とあるのは、確かに「草子地」ではあるが、伊予の介たちの旅立ちの詳細を省略したと言っているのではなく、光る君から空蟬への手紙の文面にいろいろ書いてあったことを省略する、という意味である。

「振りはなれたる」とあるのは、空蟬が光る君に靡かなかったことではなく、都から遠い伊予国へ去って行ったことだ、と解釈したほうがよい。

宣長は、『湖月抄』が記載しなかった『河海抄』の説を、所蔵する『湖月抄』に書き加えている。光源氏が、夏の小袿を返す際に、冬の装束を加えて贈ったので、空蟬が「たちかへてける」（裁ちかへてける）と返事したのだろう、とする説である。

［評］　与謝野晶子『新訳源氏物語』は、抄訳（ダイジェスト）であるが、「夕顔巻」の最後は、次のように結ばれている。

伊予介は若い妻を伴れていよいよ十月一日に任国へ下つた。

過ぎにしも今日別るるもふたみちに行く方知らぬ秋の暮かな
かう独言を云ふのは源氏の君であつた。この人の十六の歳の恋はかう云ふものであつた。

「十六」とあるのは、『湖月抄』の年立である。

光源氏が詠んだ、過ぎにしも今日別るるもふたみちに行く方知らぬ秋の暮かな」という歌に関しては、「湖月訳」に記したように、「過ぎにしも今行く末も二道になべて別れのなき世なりせば」という和歌の影響が指摘されている。確かに、似ているので、影響関係はあるだろう。

さらに言えば、松尾芭蕉『おくのほそ道』の最後に置かれた、「蛤のふたみに別れゆく秋ぞ」は、「蛤の蓋・身」と、地名の「二見ヶ浦」の掛詞であるが、「ふたみ」と「ゆく秋ぞ」の照応は、この和歌を連想させせないだろうか。

過ぎにしも今日別るるもふたみちに行く方知らぬ秋の暮かな　光源氏
過ぎにしも今行く末も二道になべて別れのなき世なりせば　斎宮女御

芭蕉の「ふたみ」は、『源氏物語』の「ふたみち」と、遠く響き合っている。

5　若紫巻を読む

5—1　巻名の由来、年立

『湖月抄』は、源氏十七歳の三月より冬まで、とする。「手に摘みていつしかも見ん紫のねにかよひたる野辺の若草」という歌が、巻の名の由来であるが、「若紫と続きたる詞は見えず」。また、この巻で、初めて登場する紫の上は、藤壺の「ゆかり」である、と説明する。

宣長説では、「源氏ノ君、十八歳なり」。ただし、夕顔巻の翌年という点では、『湖月抄』と同じ理解である。

[評]　「若紫」という巻名は、和歌に因むとされるが、その和歌では「若」と

「紫」が離れていて、「若紫」という一語は見られない。なお、「若紫」という言葉は、『伊勢物語』第一段（初冠）の「春日野の若紫のすりごろもしのぶの乱れかぎりしられず」という歌を連想させるが、この歌を『湖月抄』は指摘していない。不思議である。

5―2 光源氏、北山へ……奥山に住む老賢人

この巻の焦点は、二つある。一つは、紫の上との出会い。もう一つが、藤壺との「もののまぎれ」（密通）である。紫の上は、藤壺の姪（兄の娘）である。

まず、光源氏が紫の上を見初める場面を読もう。「北山の春」と呼ばれる名場面である。ちなみに、昭和十三年頃に、『源氏物語』は全篇が「淫靡」であり、また天皇に対しても「不敬」であるという理由で、教科書から排除せよ、という主張が高まったことがある。国文学者の中にも、教育の現場から『源氏物語』を除外することへの賛同があった。にもかかわらず、小学校の「国語読本」には、「北山の春」の場面が掲載された。

わらはやみに煩(わづら)ひ給ひて、よろづにまじなひ、加持(かぢ)なンどせさせ給へど、しるし（験也）なくて、あまたたびおこり給うければ、ある人、「きた山（向南山(キタヤマ)［万］）になん、なにがし寺(でら)といふ所に、かしこきおこなひびと（行人也）侍(はべ)る。去年(こぞ)の夏も、世(よ)におこりて、人々まじなひ煩(わづら)ひしを、やがてとどむるたぐひ、あまた侍(はべ)りき。ししこらかしつる時は、うたて侍る（あしく侍ると也）を、とくこそ心みさせ給はめ（早く聖をこころみ給へと也）」など聞こゆれば、召しにつかはしたる（源の、聖を、めしにつかはし給ふ也）に、「老いかがまりて、室(むろ)の外(と)にも、まかンでず」と申したれば、「いかがはせん。(源詞也)しのびてものせん」とのたまひて、御ともに、むつまじき(惟光・良清など也)四五人(よたりいつたり)ばかりして、まだ暁におはす。

(北山のさま也)やや深う入る所なりけり。三月(やよひ、とよむべし)のつごもりなれば、京(きやう)の花ざかりは、みな過ぎにけり。山(へ)のさくらは、まださかりにて、入りもておはするままに、霞のたたずまひも、をかしう見ゆ(景気たぐひなし)れば、かかるありさまもならひ給はず(みならひ給はぬ也)、所せき御身にて、珍しうおぼされけり。寺のさまも、いとあはれなり。峰高く、深き岩(いはほイ)のなかにぞ、ひじり(聖也)、入り居(ゐ)たりける。

［湖月訳］

光る君は、瘧病、俗に言う「おこり」（マラリア）に罹ってしまわれた。さまざまに治療して、呪いや、真言宗の祈禱などを試みられた。杜甫の漢詩にちなんで、「手に髑髏の血を提ぐ」と唱えれば、瘧は落ちるとも伝えられている。けれども、効果はなく、光る君は、何度も繰り返して高熱を出し、数日おきに発作が起きてしまわれる。

ある人が、「北山に、何々とかいうお寺があります。そこには、瘧病などをたちどころに治す霊力を持った聖がおります」と、進言した。これは、都から見て北の方角にある鞍馬山の鞍馬寺のことである。「北山にたなびく雲の青雲の星離れ行き月を離れて」（持統天皇）という歌が『万葉集』にあるが、万葉仮名では「北山」を「向南山」と表記している。鞍馬寺は、桓武天皇の御代に、藤原伊勢人が創建したと伝えられ、かつては四十九もの子院があるほどに、仏法が盛んであった。

光る君に、鞍馬寺に住む聖の存在を教えた人は、「世の中には、『時気』（時の気）と言って、その年に、特有の病が流行することがあります。去年の夏には、瘧病が大流行しました。その時、世間の呪い師たちは、うまく治療することができずに困っていたのですが、この北山の聖の手にかかるや、たちどころに平癒したということが、いくつもございました。

瘧病は、治療を誤ってこじらせてしまいますと厄介でございます。少しでも早く、この聖の霊験をお試しになってはいかがでしょうか」などと進言した。

光源氏は、早速、この聖に、「都まで来て、治療を試みるように」と、使者を遣わして要請された。ところが、聖は、「愚僧は、歳を取り過ぎまして腰がかがまり、はなはだ体力が衰えております。ふだん、修行している庵室から、一歩も外へ出ないようにしております」と言って、断りを言ってきた。円融院が瘧病を患われた時に、天台座主を召されたが、座主は老病を理由にお断りを言ってきた。ただし、再三の召しに応じて、山を下りて祈禱するや、たちどころに院の病は癒えたと伝えられる。

光る君は、「いたしかたないな。では、身分を隠して、こちらから北山に行こうではないか」とおっしゃる。お供としては、惟光や良清など、腹心の者ばかりを四、五人だけ連れて、まだ暗いうちに都を後にされた。

鞍馬寺は、少し山深く入ってゆく所にあるのだった。頃は、旧暦三月の二十日過ぎなので、春の残りはあとわずか。都では、既に花盛りは、ほとんどの場所で終わっている。ところが、和歌では、「山の桜はまだ盛りなり」という表現が愛用されるように、鞍馬山の桜は、まだ盛りなのだった。

光る君たちは、少しずつ山に入ってゆかれる。すると、霞のかかるようすにも風情が増してくる。高い身分がら、こういう遠出をなさる機会は、めったにないので、見馴れない風景を、新鮮なものとしてお思いになる。

道すがらの景色も面白く感じられたのだが、辿り着いた鞍馬寺の雰囲気も、まことに趣きがあった。光る君が会おうとしている聖は、鞍馬寺の境内の中でも、高い所にある窟の中に、籠もっているのだった。

[宣長説]

北山の聖は、窟(洞窟・洞穴)の中に住んでいるのではない。山の奥の、岩石がいくつも突き立っていて、周りを岩で囲まれている所に、庵室を建てて住んでいるのである。

[評] 「若者の病」というモチーフから、若紫巻は始まる。そして、「若者の山奥への旅」という、次のモチーフとなる。山奥には若者を救う老賢人がいる。厳密には、「聖者の住む山奥への若者の旅」である。さらには、「山奥での若者

と少女の出会い」というモチーフが始まる。

これから、都から遠く離れた「山」という神聖な空間で、紫の上という、光源氏にとっては「人生の宝物」が発見されるのである。

5―3　光源氏、明石の君の存在を聞く……「海の女」を知る

光源氏の気を紛らわそうと、供の者たちは、都のほうを眺めながら、諸国の四方山話（よもやまばなし）を耳に入れる。良清は、播磨（はりま）の守の子なので、自分が聞き知っている、播磨在住の明石の入道と、その娘の話を語った。

［『湖月抄』の本文と傍注］

「近き（良清詞也）所には、播磨（はりま）の明石（あかし）の浦こそ、なほ、ことに（殊也）侍（はべ）れ。

何（なに）のいたりふかきくまはなけれど（さしてこまやかにはなけれども、ただ何となく面白きと云ふ也　曲・阿・隈クマ）、ただ、海のおもてを見わたしたるほどなん、あやしく、こと所に似ず、ゆほびか（汎）なる所に侍る。かの国のさきのかみ（播磨の前の守也　明石の入道の事也）、新発意（しぼち）のむすめ（明石上也）かしづきたる家（いへ）、いと、いたしかし。大臣（だいじん）の後（のち）にて、いでたちもすべかりける人の、世のひがものにて、まじらひもせず。近衛（このゑ）の中将をすてて、申し給はれりけるつかさなれど（播磨の国司なれども也）、かの国の人にも、すこしあなづられて（威勢おとろへし也）、『なにのめいぼく（面目也）にてか、又、都にもかへらん』と言ひて、かしらも、おろし侍りにけるを、すこしおくまりたる（おくふかき也　奥（オクマル）（日本紀））山ずみもせで、さるうみづら（海辺也）にいでゐたる、ひがひがしきやうなれど、げに、かの国のうちに、さも、人のこもりゐぬべき所々もありながら、ふかき里は、人ばなれ心すごく、若き妻子（さいし）の思ひわびぬべきにより、かつは、心をやれる住まひになん侍る。さいつごろ、まかりくだりて侍りしついでに、ありさま見給へ〔明石の入道の体を也〕に、寄りて侍りしかば、京（きやう）にてこそ所えぬ〔こころえぬイ〕やう成りけれ、そこら、はるかに、いかめしう占めてつくれる〔入道の領じて也〕さま、さは言へど、国の司（つかさ）にて、し置きけることなれば、残りのよはひ、ゆたかに経（ふ）べき心がまへも、に〔無二〕なくしたりけり。後（のち）の世のつとめも、いとよくして、なかなか、法師まさりしたる人になん侍りける」と申せば、「さて、（源の問ひ）その娘は」と問ひ給ふ（給ふ也）。「けしうはあらず（良清が詞也）、かたち心ばせなど侍（はべ）るなり。代々（だいだい）の国の司（つかさ）など、ようい（用意）こと（殊）にして、さる心ば（明石上に懸想など）へ見す（する也）なれど、さらに、受けひかず。『我が身の、かくいた（入道の女（むすめ）に常に云へる也）づらに沈めるだにあるを、この人ひとりにこそあれ、思ふさま、ことなり。もし、我におくれて、そのこころざし遂げず、この思ひおきつるすくせ（宿世、縁の事也）たがはば、うみに入りね（身をもなげよとの事）』と、常にゆいごん（遺言也）しおきて侍（はべ）る」など聞こゆれば、君（源）も、「をかし」と聞き給ふ。

人々、「かいりうわう（海龍王）の后（きさき）になるべき、いつきむすめ（いつきかしづくむすめなるなりと也）なンなり。心だかさ（入道の思ひあがりしを云ふ也）、苦しや」とて笑ふ。かく言ふは（草子地）、播磨の守の子（良清也）の、蔵人より、ことし、かうぶりえたる（従五位下になる事也　是を叙爵といふ也）なりけり。

［湖月訳］
良清は、自分の見聞を、光る君に向かって熱心に申し上げた。
「我が国の絶景としては、富士山や浅間山などがございますが、都に近い所で申しますと、播磨の国の明石の浦こそは、やはり、絶景と言ってよいでしょう。ここは、私の父親が、国司を務めている関係で、私もよく存じているのです。さして、ここが特に素晴らしいということはないのですが、ただ、どことなく、面白く感じられる風情（ふぜい）があるのです。海の表面を見渡しますと、不思議ではありますが、ほかの海辺とは異なる素晴らしさが感じられます。「ゆおびか」あるいは「ゆおいか」な所でして、とにかく、広々とした印象を受けるのです。

この播磨の国で、以前に国司を務めていた人物がいまして、今は出家して、『明石の入道』と呼ばれていますが、一人娘を大切に育てている、その家と申しますのが、いささか田舎には不釣り合いなほどに立派すぎるのです。

この男は、基(もと)はと言えば、大臣の子孫でして、都に残っていれば、それなりの出世は可能だったはずなのですが、性格的に普通でないところがありまして、都での人間関係がうまく取り結べなかったようなのです。その結果、近衛(このえ)の中将という、立派な中央官庁の役職を捨ててまで、播磨の国司の役職を仰せつかったのですが、その播磨の地元民にも、軽く見られたりしたようなのです。

これまでにも、藤原山陰(やまかげ)中納言が備前の国司に転じたり、藤原実方(さねかた)中将が陸奥(むつ)の国司に任命されたりした実例がありますが、この男とは事情がいささか異なっております。

播磨の地元民にまで相手にされなかった男は、「何の面目があって、都に戻れようか」と言って、髪を下ろして出家したのです。出家者ならば、俗塵を離れて、人里から遠い山里に隠棲するものなのですが、広々とした海辺近くに、家を構えて暮らしているのは、確かに、性格的に偏屈なところがあるのかもしれません。

しかし、考えてみますに、なるほど、あの播磨の国には、いかにも隠遁者が暮らすのにふさわしい、山深い里はございますが、そういう所は、人家もまれで、ぞっとするほど寂しいのです。その入道には、若い妻と娘がいますので、彼女たちが寂しい思いをしなくて済むように、海辺近くに居(きょ)を構えたのでしょう。あるいは、入道本人が、海辺に住んで、気分を晴らしたかったのかも知れません。

私も、父親の任地である播磨の国に、つい先日も、出かけました。そのついでに、その入道一家が、どのような暮らしぶりなのかを、近くまで行って拝見したのですが、広大な敷地を占有して、壮大な建築物を作っておりました。都では、大した屋敷にも住めず、不本意な暮らしぶりであったそうですが、何と言っても、この国の前の国司でございましたから、十二分に蓄えた財力を用いたので、このような立派な屋敷を営めるのでしょう。これからの余生も、豊かに暮らせるだけの備えは、これ以上は望めないほどに蓄財してあるようでした。

出家したあとも、後世を願う勤行も、熱心に勤めています。妻子持ちではありますが、なまじっかの僧侶よりも、立派な心がけの持ち主でございます」。

良清が、このように申し上げると、聞いておられた光る君は、例によって色好みの気持ちをそそられて、「その入道は、娘を大切に育てていると申したが、どの程度なのか」と、質問なさる。良清は、「その娘の器量は、悪くはございません。かなり良い方です。気立ても、良いようです。入道のあとで国司となった者たちは、争って、その娘を妻にと望んだようなのですが、入道には、国司程度を婿に迎えるつもりはないと見え、相手にしておりません。彼が、口癖のように、娘に向かって言っている言葉があると聞きました。『自分は、都では不満足な人生しか生きられず、地方の国司になってしまった。その無念さを、娘であるあなたには、晴らしていただきたい。私には、未来を託すべき子どもは、あなた一人しかいません。あなたには、特別に幸福な人生を生きていただきたいと思う、深い理由があるのです。もしも、私が早くに死んでしまって、あなたが理想的な配偶者に恵まれて幸福になることができなかったとしたら、この目の前に広がる広大な海のどこかで、身を投げて死んでしまいなさい』などと、ことあるごとに遺言しているようです」などと、お答えした。光る君も、「面白そうな父親と娘だな」と思って、お聞きになる。

実は、明石の入道は、住吉明神から夢のお告げを受けていたので、それを深く信じ、娘の結婚相手について高望みしていたのである。けれども、供の者たちは、そんなことなど、つゆ知ったことではない。「海に入って死ねということは、海の神様である海龍王(かいりゅうおう)の后にでも、したいのだろうね」とか、「あまりの高望みは、周りの者もつらいだろうね」などと、冗談を言いながら笑っていた。

この播磨の国の話題を提供した良清は、播磨の守の息子で、六位の蔵人(くろうど)を六年間勤め上げ、今年の春の人事異動で、従五位下に叙爵されたのだった。

[宣長説]

「いと、いたしかし」とあるのは、身分不相応というのではなく、まことに立派であると誉めているのである。

「ひがもの」は、変人、変な人、という意味である。

「京にてこそ所えぬ」とは、都で住んでいる家が狭かったなどという意味ではなく、都では勢いがなく、飽き足らない暮らしぶりだった、というニュアンスである。

[評] 後の明石巻の伏線である。明石の君の存在は、紫の上と共に、この若紫巻で初めて紹介される。けれども、明石の君のほうが、紫の上よりも先であることに、注意したい。

光源氏は、紫の上とは、この若紫巻で、一つ屋根の下で共に暮らすようになるが、明石の君と結ばれるまでには、九年もの歳月を要した。伏線ではあるが、伏線を回収するために時間がかかりすぎている。桐壺帝の退位と崩御などで、思った以上に時間が必要だったからだろう。

具体的に言えば、花宴巻と葵巻の間に、一年間の空白があること、葵巻と賢木巻とで、四年間かかったことなどによって、光源氏の須磨・明石への旅立ちが遅れてしまった。

紫の上が「山で発見された宝物」だとすれば、明石の君は、「海辺で発見された宝物」である。「山と海」という、二つの異空間を、若紫巻は重ね合わせて、これからの光源氏の人生を複雑に織り成してゆく。「山の女」と「海の女」が、それを彩る。

5―4　光源氏、紫の上を初めて垣間見る……「ゆかり」の手法

光源氏は、「何某の僧都」（「北山の聖」とは別人である）の僧坊の中を、覗き見た。そこには、気品のある老尼と、可憐な少女の姿があった。その少女は、光源氏が心の底から恋い慕い続けている藤壺と、生き写しだった。

［『湖月抄』の本文と傍注］

日も、いと永きに、つれづれなれば、夕暮のいたう霞みたるにまぎれて、かの［源氏也］小柴垣のもとに立ち出で給ふ。人々は返し［忍び給ふ故也］給ひて、惟光ばかり御供にて、のぞき給へば、ただ、この［僧都の坊のさま也］西面にしも、ぢぶつ［持仏］すゑ奉りて、おこなふ尼［これ紫上の祖母也］なりけり。

すだれ少し上げて、花奉る（仏に供する也）めり。中の柱によりゐて、脇息（けふそく）の上（うへ）に経（きやう）をおきて、いと悩ましげ（病者のさま也）によみゐたる尼君、ただ人と見えず。四十あまり（よそぢあまりと読む也）ばかりにて、いと白く、あてに（けだかき也）、痩せたれど、つらつきふくらかに、まみ（目のうち也）のほど、髪のうつくしげに削（そ）がれたるすゑも、「なかなか長きよりも、こよなう（こゆることなくめづらしと也）今めかしきものかな」と、哀れに見給ふ。

きよげなる（尼のそばにつきてゐる人也）大人（おとな）、二人ばかり、さては、わらはべぞ、出で入りあそぶなかに、「十ばかり（紫上也）にやあらん」と見えて、白ききぬ、山吹などのなれたる着て、走りきたる女子（をんなご）、あまた見えつる子どもに似るべくもあらず、いみじう、おひさき〔生ひ行くさき、よからんと見ゆる也〕見えて、うつくしげなるかたちなり。髪は、扇（あふぎ）をひろげたるやうに〔髪のすそのひろがりたる也〕、ゆらゆらとして、顔は、いと赤くすりなして、立てり。

「なにごとぞや〔尼君の云ふ也〕。わらはべとはらだち給へるか〔腹立ち給ふにやと也〕」とて、尼君の見上げたるに、すこしおぼえ〔似し事也〕たる所あれば、「子なンめり」と見給ふ。「雀〔紫詞也〕の子を、いぬき〔紫上の使ひ給ふわらは名なり〕が逃がしつる。伏籠（ふせご）のうちに籠（こ）めたりつるものを」とて、「いと〔紫の体也〕、くちをし」と思へり。（中略）

尼君、「いで〔尼の詞也〕、あな幼（をさな）や。言ふかひなう、ものし給ふかな。己（おの）が、かく、今日・明日になりぬる命をば、なにともおぼしたらで、雀したひ給ふほどよ（をさなき年の程に、との心也）。『罪うることぞ』と、常に聞こゆるを（いさむる心也）。心うく（雀飼ひ給ふを心うくと也）」とて、「こちや（こちへと也）」と言へば、ついゐたり（紫の尼の前にゐ給ふ也）。つらつき、いとらうたげにて、まゆのわたり、うちけぶり、いはけなく（稚）かいやりたる（しどけなきさま也）ひたひつき、かむざし、いみじううつくし。「ねびゆかん（調行（ネビユク））さま（おとなしくなりゆく心也）、ゆかしき人かな」と、目とまり給ふ。さるは（めとまるゆゑは、と也）、「かぎりなく心をつくし聞こゆる人（藤壷也）に、いとよう似奉れるが、まもらるるなりけり」と思ふにも、泪（なみだ）ぞ落つる。

［湖月訳］

三月下旬なので、日は永い。光る君は、時間をつぶすために、先ほど御覧になって気になっていた、何々とかいう僧都の僧坊の小柴垣（細い枝で作った低い垣根）の近くまで近づいてゆかれた。夕暮になって、霞が多く立ちこめてきて、自分の姿を隠すのに都合が良くなった安心感もあった。

僧坊には似つかわしくない女性たちの姿があったのを思い出し、改めて確めたかったのである。秘密の行動なので、お供たちは、瘧病の加持祈禱をお願いしている聖の坊に戻し、腹心の惟光だけを連れて、僧坊の中を覗き込まれる。すると、目の前が、西面（西に向かった部屋）で、西方浄土の方角に向かって持仏を安置し、お勤めに余念のない尼の姿が目に入った。この尼君は、後に紫の上の祖母であることが判明するのだが、この時の光る君はまだご存知ない。

簾が少し引き上げてあって、仏様に花が供えられている。尼君は、部屋の中の柱に身を寄せて座り、脇息の上にお経を置いて誦み上げている。その誦み方が、いかにも弱々しいので、よほど体調が悪いように感じられる。ただし、かなりの身分であると思われた。年は、四十歳を少しばかり超えたくらいであろうか。肌の色は白く、気品がある。全体的に痩せた体つきではあるものの、頬のあたりはふっくらとしており、目もとのあたりも美しく、髪の毛は「尼削ぎ」で、肩のあたりで切り揃えてあるが、その髪の端も、きちんとしている。光る君は、「なまじっか髪を長く伸ばしたままにしておくよりも、こういう短い髪のほうが、かえって現代風でしゃれて見える」と、感心しながら見ておられる。

尼君のほかにも、見た目の小ぎれいな大人の女房が二人見える。尼君に仕えている女房であろう。また、少女たちが、部屋を出たり入ったりして、遊んでいる。その少女たちの中の一人に、光る君の目は吸い寄せられた。

「年の頃は十歳くらいだろうか」と見える、その少女は、白い単衣（下着）の上に、山吹襲（表が、薄朽葉色、裏が、黄色）の、萎えばんだ表着を着て、尼君のいる部屋の中に駆け込んできた。そして、立ったままでいる。

ほかにたくさんいる少女たちとは比べようのないほど、卓絶した雰囲気が漂っている。大人になったら絶世の美貌になることが予感され、とにかく可愛らしい顔立ちなのである。髪の毛は、扇を広げたように、裾のほうが広がり、ゆらゆらとしている。その顔が、赤くなっている。泣きながら、手でしきりに顔をこすったのだろう。

座ってお経を誦んでいた尼君が、走り込んできて立ったままの少女を見上げながら、

「どうしたのですか。気に入らないことがあって、少女の誰かと喧嘩したのですか」と訊ねている。尼君の顔と少女の顔は、似たところがある。光る君は、「母と娘なのだろう」と推測される。後に、祖母と孫であることが判明する。

この少女、後の紫の上は、「雀の子どもを、『いぬき』が逃がしてしまったの。伏籠の中に、雀の子を入れておいたのに」と言って、逃げた雀を残念がっている。

「いぬき」は「犬公」（犬君）のことで、遊び相手の少女の名前であろう。「あてき」や「なれき」などという名前もある。「伏籠」は、衣服に薫物を薫きしめるための道具であるが、ここでは「鳥籠」のことを「伏籠」と言ったのだろうか。（中略）

尼君は、少女に語りかける。「ああ、あなたは、何と幼いことでしょう。いくつになっても、子どもっぽさがなくならないのですね。この私は、今日か明日にも、命が尽きてしまうかもしれないのですよ。そういう私のことを、少しも心配なさらないで、いなくなった雀のほうが大切な年齢なのですね。『生き物を檻に閉じ込めて飼うのは、お経でも罪深いことだとされています』と、何度も諭してきたではありませんか。その諌めを聞きもしないとは、本当に情けないことです」。

尼君が、なおも、「こちらに来て、お座りなさい」と言うので、それまで立っていた少女は、素直に膝をついて座った。光る君が、その顔をよく見ると、顔つきは、ほんのりと赤みを帯びて、いじらしく、眉のあたりも匂いやかである。手入れをしない髪が額にかかっている、しどけないようすも、また、その髪自体のありさまなど、まことにかわいらしい。「この少女が大人になったならば、どんなに美しくなることだろう。そのようすを見届けたいものだ」と、光る君の目は、少女にばかり向けられている。

これほど、光る君がこの少女から目をそらすことができないのには、理由があった。「私が、心の底からお慕い申し上げているお方――藤壺様――と、この少女はとてもよく似ている。だから、私の目が吸い寄せられてしまうのだ」と気づくと、光る君の目からは涙がこぼれ落ちた。

この少女は、藤壺の兄・兵部卿（ひょうぶきょう）の宮（のちに式部卿の宮）の娘である。だから、藤壺と紫の上は、叔母（おば）と姪（めい）の関係にある。だから、似ているのも当然なのである。

［宣長説］

「ただ、この西面（にしおもて）に」の「ただ」は、俗語で「直に（じき）」という意味である。光源氏の立っている場所から、すぐそこに、尼の姿が見えたのである。

『湖月抄』では「伏籠(ふせご)」を「鳥籠」のことだろうかと述べているが、殺生(せっしょう)を忌む寺院に、鳥籠などがあるはずもない。鳥籠がないので、その代用品として「伏籠」に雀を入れていたのである。

尼君は、今にも死にそうな自分を心配せず、逃げた雀を心配する紫の上の「年齢」を心配しているのではなく、その幼稚な「心」を、悲しく思っているのである。

「かんざし」は、「簪(かんざし)」ではなく、「髪(かん)ざし」で、「髪の生(は)え方(かた)」を意味している。

［評］『源氏物語』で愛好される「ゆかり」という手法が、ここでも採用されている。この手法が最初に用いられたのは、桐壺巻だった。亡き桐壺更衣と藤壺がそっくりだと聞いて、桐壺帝は藤壺を入内させた。また、光源氏も、自分が幼い頃に死んだ母親（桐壺更衣）とそっくりだと聞く藤壺への思いが、いつのまにか愛へと高まっていった。

ただし、桐壺更衣と藤壺には血縁関係がなく、「他人の空似」だった。それでも、男たちは、「ゆかり」の魔法にかかってしまった。

藤壺と紫の上は、叔母と姪の血縁関係にある。真性の「ゆかり」である。ただし、藤壺と紫の上の「ゆかり」を意識しているのは、光源氏だけである。紫の上は、光源氏と藤壺の関係を、まったく知らされないし、知らないままで、一生を終える。

「ゆかり」の手法は、宇治十帖でも用いられる。今度は、「姉と妹」の血縁関係である。「ゆかり」の魔法に捕らえられるのは、薫。大君と結ばれなかった薫は、妹の中の君に思いを移す。また、大君の異母妹である浮舟へも、思いを移す。「姉から（実の）妹へ」、そして、「姉から（異母）妹へ」という、「ゆかり」の手法が繰り返された。ここでも、浮舟は、自分が薫にとって、大君の「ゆかり」である事実を知らない。

「ゆかり」の手法は、女たちの個性的な生き方を束縛する。「ゆかり」の魔法にかかっている男は、いつのまにか、「ゆかり」が恋の魔法ではなく、男自身にとっても「人生の呪縛」である事実に気づき、愕然となる。「ゆかり」に縛られている男には、成熟も成長もない。

5—5　光源氏と藤壺の密通……「もののまぎれ」

光源氏が北山で見初めた少女は、藤壺の姪だった。少女の母は、按察大納言の娘だが、既に亡くなっている。父である兵部卿の宮の北の方は、継子に当たる紫の上に対して冷淡である。光源氏は、紫の上を自分が引き取って、理想的な女性に育てたいと思い始める。そういう時、藤壺が宮中から退出した。光源氏は、彼女の寝所に接近し、過ちが起きた。

［『湖月抄』の本文と傍注］

藤壺の宮（三、四月の事なるべし）、悩み給ふことありて、まかで給へり（三条の宮へなり）。上のおぼつかながり、なげき聞こえ給ふ御気色も、いといとほしう（源の心也）見奉りながら、「かかる折だに」と、心もあくがれまどひて、いづくにもいづくにも参(ま)うで給はず。内(うち)にても、里にても、昼は、つくづくとながめ暮らして、暮るれば、王命婦(わうみやうぶ)を責めありき給ふ。いかがたばかり（事計為与(タバカリセヨ)〔万葉〕）けん、いとわりなく（源心）て見奉るほどさへ、うつつとはおぼえぬぞ侘(わ)びしきや。

（これより先に源氏君、女御へちかづき奉り給へる事、この詞に見えたり）

宮も、あさましかりしをおぼし出づるだに、世(よ)と共(とも)の御(おん)物思ひなるを、「さてだに止(や)みなん」と、深うおぼしたるに、いと（今源に）心うくて（又逢ひ給ふ事を心うくと也）、いみじき御気色(みけしき)なるものから、なつかしう、らうたげに、さりとて、うちとけず、心深う、恥づかしげなる御もてなしなどの、なほ、人に似させ給はぬを、「などか、なの（十分）

（ならざる心也）めなることだに、うちまじり給はざりけん」と、つらうさへぞおぼさるる。

（ことの葉もなき様也）何事をかは聞こえつくし給はん。（夜が早くあくれば、くらき所にやどりは取らまほしきと也）くらぶの山に宿りも取らまほしげなれど、あやにくなる短夜（みじかよ）にて、あさましう、なかなかなり。

（源）見てもまた逢（あ）ふ夜（よ）まれなる夢のうちにやがてまぎるる我が身ともがな

と、むせかへらせ給ふさまも、（さすがにの字、妙也）さすがに、いみじければ、

（藤壺返歌）世語りに人やつたへんたぐひなく憂（う）き身をさめぬ夢にな

しても

おもほしみだれたるさまも、いとことわりに、かたじけなし。

命婦の君ぞ、御直衣などは、かきあつめ、持てきたる。源は藤の御別に忙然として御直衣をも取りあへ給はぬさま也

［湖月訳］

その年の三月か四月かの、短夜（みじかよ）の頃だった。藤壺女御は、体調がすぐれず、宮中から、里である三条の宮に退出なさる。桐壺帝は、藤壺のお体を心配なさり、心を傷めておられる。そのご様子を拝見するにつけ、光る君は、父帝に対して、おいたわしいと思う。その一方で、「藤壺様とは、宮中でお逢いするのはむずかしいので、せめて、里に下がられたこういう機会にだけでもお逢いできないものか」と、光る君の心は理性や分別を失ってしまわれた。

外出をいっさいなさらなくなり、宮中の桐壺にいても、自邸の二条院にいても、昼間の

明るいうちは、ぼんやりと物思いに沈んでいらっしゃる。そして、暗い夜になるや、藤壺に仕えている王命婦（おうみょうぶ）に、「何とかして藤壺様に逢わせてほしい」と、矢の催促をなさる。王命婦は、王氏（皇族）の生まれであり、先帝の四の宮である藤壺の信任の篤（あつ）い女房である。

その王命婦は、光る君の熱意にほだされたのでしょう、密会の手引きをしてしまったようです。彼女が、どういう計略を用いたものか、よくわかりませんが、とにかく、光る君を藤壺の寝所に導き入れることに成功したのです。

光る君は、無理に無理を重ねたうえに、むろん、藤壺の承諾もなしに、藤壺と逢ったのだが、これが現実なのかどうかもわからない。熱に浮かされているような自分の精神状態が、何とも嘆かわしく感じられる。

一方、光る君から接近された藤壺も、愕然となさる。かつて、自分が光る君と一夜限りの逢瀬を持った、信じられない出来事があり、今でもそんなことが現実に起きたかどうかもよくわからないまま、一生、苦しみ続けなければならない物思いの種となっている。「もう、二度と、光る君とは逢わないでいよう」と固く決心していたのに、二度目の逢瀬を持つ事態に直面し、つらくて、たまらないお気持ちになられる。

なお、天皇の后が、臣下、それも天皇の親族と密通するという、あってはならない出来事は、これまでに何度か起きている。中国では、則天武后（そくてんぶこう）が、太宗と高宗（太宗の子）の二人と関係しているし、我が国では、光仁天皇の后である井上（いかみ）内親王が、桓武天皇（光仁天皇の子）と通じていた、という伝承がある。

藤壺が、光る君との二度目の逢瀬を、とても悲しいと、身に沁（し）みて感じていらっしゃる様子は、光る君にも、はっきりと伝わってきます。

ところが、そうは言っても、藤壺は光る君に対しては、心の底では毛嫌いしておらず、男の気持ちを引きつける魅力があり、かわいいと思わせる魅力を湛（たた）えていらっしゃる。けれども、そうかと言って、男にすべてを許すことはなく、慎み深く、男が女に対して尊敬の念を抱き続けざるをえない、そういう振る舞いを、藤壺はなさる。

光る君は、「やはり、藤壺様は、ほかの女性とはまったく比べものにならないほど素晴らしくていらっしゃる」と、感動する。光る君は、「藤壺様は、どうして、女性としての欠点が、何一つとしておありにならないのだろう。と言うか、女性として普通である点すらも、まったく見当たらない。少しでも、良くない点や、普通の女性と同じである点があるのならば、それで藤壺様への愛情を諦められるかもしれない」と、お思いになるが、完全無欠の藤壺の振る舞いを目の前にすると、彼女への愛情がいっそう増さる。藤壺のあまりの素晴らしさを、光る君は、「恨めしい」とまでお感じになる。

二人は、短い逢瀬を、一言の言葉もなしに、終えられました。二人の心は、どんな言葉でも表せませんし、実際に、二人の口からは一つの言葉も漏れませんでした。ただ、短夜がすぐに明けて明るくなってしまうのが、光る君には、つらく思われてなりません。名前に「暗い」という言葉を含んでいる「くらぶの山」に宿を取れば、いつまでも夜のままでいられるのではないかと、思ったりもしました。

この「くらぶ」という名前の山は、鞍馬山のこととも、濁らないで「くらうの山」と発音するのだとする説もあります。『古今和歌集』には、「秋の夜の月の光し明かければくらぶの山も越えぬべらなり」という歌があります。けれども、意地悪な短夜は、あっという間に明けて、別れの朝となったのでした。

光る君は、恋しい藤壺と逢ったがために、かえって別れのつらさが増大して、お逢いした甲斐もない。光る君は、今の気持ちを歌に託される。

見てもまた逢ふ夜まれなる夢のうちにやがてまぎるる我が身ともがな

（今夜、私たちは奇蹟的な逢瀬を持ちました。けれども、次に、いつお逢いできるかはわかりません。もう逢えないかもしれないのです。逢っているあいだも、これが現実だとは思えず、夢を見ているような気持ちでしたが、その夢を見ている状態で、私の命が消えてしまったならば、どんなによいことでしょうか。）

こう歌いながら、むせび泣いていらっしゃる光る君のありさまを、藤壺は複雑な気持ちで御覧になる。もう二度と逢ってはならないと固く決心していたのに、二度目の逢瀬を持ってしまっことを、悔やんでおり、無謀とも思える光る君の侵入を、迷惑に思っている。けれども、自分の目の前で泣いている光る君の姿を見ていると、いじらしいという気持ちがこみあげてくる。そういう気持ちを歌に詠まれた。

世語りに人やつたへんたぐひなく憂(う)き身をさめぬ夢になしても

（あなたは、夢を見ている状態のままで、死んでしまいたいと、おっしゃる。あなた以上に、私は死んでしまいたいのです。けれども、そうなったとしても、世間の人々は、あなたと私の恋物語を、面白おかしく、永く語り伝えることでしょう。私たちの罪を消してしまうことなど、できはしません。）

藤壺が、このように思い乱れていらっしゃる姿は、まことに尤(もっと)もであり、その原因を作った自分の行動は、申しわけないことである。

心乱れる光る君は、藤壺の部屋に入る際に脱ぎ捨てていた直衣(のうし)などを、自分で取り集めることもできない。忙然としたままなので、手引きをした王命婦が衣類を手に抱えて持参して、光る君にお着せする。なお、王命婦の計略で、光る君が女装して藤壺に接近した、という言い伝えもあります。この場合には、退出する際に、男の着物に着替えた、ということになります。

［宣長説］

藤壺があまりにも完璧なので、本来は嬉しいはずなのだが、密通という手段でしか逢えないので、光源氏には、かえって恨めしいのである。

光源氏の歌は、二人の「逢ふ夜」が稀であることと、藤壺と逢いたいという光源氏の夢が「合ふ」（かなう）ことが稀であることを、掛けている。「夢」と「合ふ」は縁語である。夢の内容が実現することを「合ふ」と言う。

藤壺の歌の下の句は、普通の夢ならば覚めた人は現実に戻ってくるものだが、夢の中で死んでしまえば現実世界には戻ってこられない、という意味である。

王命婦が光源氏の直衣などを持ってきた箇所の解釈は、『湖月抄』の傍注で、よろしい。女装して入り込んだという説は、よくない。

［評］　これが、光源氏と藤壺との「もののまぎれ」（不義密通）である。物語は、「秘密」を最重要の隠し味にして成立する。愛し合う二人の当事者以外には誰も知らないはずの「秘密」を、作者（語り手）と読者が共有しているという満足感が、物語を成功に導く。読者は、秘密を共有することで、「密通＝もののまぎれ」の目撃者にして、共犯者となる。「王命婦」の立場に立つのである。

この「もののまぎれ」も、光源氏と空蟬の「実事」のように、具体的な描写はなく、省略されている。この至難な技法を習得したのが、川端康成の『雪国』である。この名作を読んでいて、突如として、文章の雰囲気が一変したのに驚いた読者は多いだろう。その「行間」で、島村と駒子の「実事」がなされているのである。

なお、『湖月抄』は、この「もののまぎれ」の場面を本歌取りした藤原定家の歌を二首、紹介している。

今宵だにくらぶの山に宿もがな暁知らぬ夢や覚めぬと
宿りせぬくらぶの山を恨みつつはかなの春の夢の枕や

5―6　光源氏、紫の上を引き取って育てる……「理想の妻」の教育

このあと、まもなく藤壺の懐妊が明らかとなる。光源氏の子である。二人は、自分たちの犯した罪の大きさに、恐れおののく。

一方、光源氏は紫の上にも執着している。紫の上の祖母の尼君は、逝去した。父親である兵部卿の宮は、紫の上を自邸に迎え取って、北の方（継母）に世話させようと考えている。その先手を打って、光源氏は紫の上を盗み出し、彼女を二条院に連れてくる。

［『湖月抄』の本文と傍注］

君（源氏也）は、二三日（ふつかみか）、内（うち）へも参（まゐ）り給はで、この人をなつけ語らひ聞こえ給ふ。「やがて本（ほん）にも」（御手本にもやと也）とおぼすにや、手習ひ、絵（ゑ）など、さまざまに書きつつ、見せ奉り給ふ。いみじうをかしげに書

き集め給へり。「武蔵野と言へばかこたれぬ」と、紫の紙に、書い給へる墨づきの、いとことなるを、取りて見居給へり。（紫の）少しちひさくて、（歌のかきざま也）

ねは見ねどあはれとぞ思ふ武蔵野の露わけわぶる草のゆかりを（源　草の根を寝るかたによせたり、いまだ結ぶ程はなけれどもと也　逢ひがたき藤壺のゆかりなれば哀れなると也）

とあり。「いで、君も書い給へ」とあれば、「まだ、ようは書かず」とて、見上げ給へるが、なにごころなくうつくしげなれば、うちほほゑみて、「よからねど、むげに書かぬこそわろけれ。教へ聞こえんかし」とのたまへば、うちそばみて書（源詞也）（紫も也）（紫上の詞也）（源の也）（紫上はぢ給ふさま也）

い給ふ手つき、筆取り給へるさまの幼(をさな)げなるも、らうたう〔源心也〕のみおぼゆれば〔心をつくべし〕、「心ながら、あやし」とおもほす。「書きそ〔紫詞也〕こなひつ」と恥ぢて隠し給ふを、しひて〔源氏の也〕見給へば、

〔紫〕かこつべき故(ゆゑ)を知らねば〔むさしのといへばかこたれぬとあるをうけて也〕おぼつかないかなる草のゆかり
なるらん

と、いと若けれど、おひさき〔行末は能書ならんと見ゆる也〕見えて、ふくよかに書い給へり。〔源心也〕故尼君(こあまぎみ)にぞ似たりける〔紫の手跡習ひ給ふとみえたり〕。「今めかしき〔当世の心也〕手本ならはば、いとよう書い給ひてん」と見給ふ。雛(ひいな)など、わざと、屋(や)ども〔ひいなの屋ども也〕つくりつづけて、もろ共〔源と紫と也〕にあそびつつ、こよなき物思ひのまぎらは

しなり。

［湖月訳］

光る君は、紫の上を二条院に連れてきてから二、三日は、宮中にも参内されない。少女には、二条院での光る君との暮らしに少しでも早くなじんでもらおうと考え、何かと話しかけたりして、お相手をされる。「御覧に入れたあとは、そのままお習字やお絵かきの手本に使ってもらおう」というお考えなのでしょうか、光る君は、少女の目の前で、あれやこれや、お習字の文字を書いたり、絵を描いたりして、見せておあげになります。いずれも、見事な筆蹟であり、描きぶりです。

紫の上は、光る君が紫色の紙にお書きになった文字を、手に取って、じっと御覧になっている。墨の付き具合が、まことに素晴らしい。そこには、「知らねども武蔵野と言へばかこたれぬよしやさこそは紫のゆゑ」という、『古今和歌六帖』の古歌が記されている。「遠い東(あずま)にあるという武蔵野には実際に行ったことはないが、『武蔵野』と聞いただけで、溜め息が出てしまう。武蔵野には『紫草(むらさき)』という草が生(は)えているという。また『紫のゆかり』という言葉もあり、紫草の一本（ひともと）ゆえに、武蔵野の草のすべてがあわれに思える、という意味である。この古歌を紫色の紙に書いた時、光る君は、藤壺の「ゆかり」（血縁・姪）が紫の上だということを考えていたことだろう。

その横には、紫の上がお習字の御手本とすべき古歌ではなく、光る君ご自身の歌が、小さな文字で書き添えられていた。

ねは見ねどあはれとぞ思ふ武蔵野の露わけわぶる草のゆかりを

（高貴な紫色の染料になる紫草の根を見たことはなく、また紫の上と共に寝たことはないのですけれども、私が逢いたくても逢えないでいる藤壺のゆかりだと思うと、あなたのことがしみじみ愛（いと）おしくなるのです。）

とある。けれども、藤壺という女性の存在を知らない紫の上にとっては、この歌は、まったく意味のつかめないものだったことだろう。

この歌を見ている紫の上に、光る君は、「さあ、あなたも、文字を書いてご覧なさい。この歌への返しを、書いてください」と催促される。紫の上は、「まだ、文字を上手に書くことはできませんの」と言いながら、上目づかいに光る君を御覧になる。それが、いかにも無邪気で、かわいらしいので、光る君も、思わずにっこり笑ってしまわれる。そして、

「字がお上手でないからと言って、いっさい文字を書こうとしないのはよくありませんよ。何事も、最初はうまくゆかなくても、繰り返しお稽古することで、少しずつ上達してゆくのです。お習字も、お絵かきも、そのほかの習い事も、すべてそうなのですよ。私が、少しずつ教えてさしあげますからね」と、書くことの大切さを諭される。紫の上は、自分の上手ではない文字を見せるのが恥ずかしいので、光る君の顔を見ないように、横を向いて、文字をお書きになる。

その手つきや、筆の持ち方などが、いかにも初々しいので、光る君には、なぜだかはわからないのだけれども、むしょうに「この少女が、いとしい」という思いが心の底から湧いてくる。「我が心ながら不思議なことだ」とお思いになる。

紫の上が、「書き損なってしまいました」と言って、自分の書いたばかりの文字を隠そうとなさるが、光る君は、無理に御覧になる。

かこつべき故を知らねばおぼつかないかなる草のゆかりなるらん

(「武蔵野と言へばかこたれぬ」とありますが、あなたは何に対して、ご不満を託っておられるのでしょうか。私には、その理由がわかりませんので、私がどなたの「紫のゆかり」であるのか、見当もつきませんわ。)

まだ幼い筆蹟ではあるものの、将来、必ずや能筆になるであろうと予感させる文字づかいで、ふっくらと書いてある。光る君は、「これまで何度か歌をやりとりした、紫の上の祖母の尼君の筆蹟に似ている」とお感じになる。おそらく、亡き尼君が、孫の紫の上にお習字を教えていたのだろう。「これから、もっと現代風の筆蹟をお手本にしてお習字をすれば、とてもお上手になるだろう」と、お思いになる。

幼い紫の上が喜ぶような人形をたくさん作り、それらの住むべき御殿などもたくさん作り並べ、光る君は紫の上と一緒に雛遊びに興じられる。そうしていると、光る君は、まずは藤壺への恋の苦しみが、癒されてゆくように感じられるのだった。光る君は、十七歳。紫の上は、まだ十歳だった。

［宣長説］

紫の上の筆蹟が「ふくらか」とあるのは、子どもが書く字体の特徴である。「ふくらか」だから、前途が有望なのではない。

「今めかしき手本」とあるのは、亡き尼君の文字が古風で、今風でないので、これからは、現代風の文字を学んだらよい、という意味である。

［評］　紫の上が十歳で雛遊びをしているのは、よい。『湖月抄』が十七歳とする光源氏（宣長説では十八歳）が、彼女と一緒に雛遊びをするのは、どういう精神状態なのだろうか。谷崎潤一郎の小説世界も想起されるが、光源氏は藤壺と過ちを犯すことなく、純心に憧れていた少年時代の心を取りもどそうとしているのかもしれない。

平均寿命が短かった平安時代には、「四十の賀（しじゅうのが）」（数えの四十歳の祝い）が、老人の仲間入りをする年齢だった。私は、当時の年齢を「一倍半」すれば、現代の年齢感覚に近づくと考えている。そうすると、紫の上は、現代の十五歳の少女で、光源氏は、二十四、五歳の青年という計算になる。この青年は、六歳（宣長説では五歳）年上の藤壺と過ちを犯し、その腹に、罪の子を宿させている。その一方で、無邪気な少女と、戯れている。

『源氏物語』を通読し終え、「その後の紫の上」の人生を知ったうえで、この若紫巻の場面を読み返すと、胸が苦しく、切なくなってしまう。

6　末摘花巻を読む

6―1　巻名の由来、年立、並びの巻

まず、『湖月抄』の説。

「歌、並びに詞を以て、巻の名とす」。詞（散文）では、「なほ、かの末摘花、匂ひやかに差し出でたり」とあり、和歌には、「なつかしき色ともなしに何にこの末摘花を袖に触れけん」とある。

「末摘花」は、「紅花」のこと。染料にする紅花は、枝の末から根元へと向かって、花が咲き続けるので、末から順に摘んでゆく。そのため、「末摘花」と言う。

「源氏十七歳の春より、同年の冬までの事あり」。

この末摘花巻は、一つ前の若紫巻の「並びの巻」である。並びの巻には二種類があり、

前の巻と時間の空白がなく、連続して続いているのが「竪の並び」で、前の巻と時間が連続せず、前の巻から時間が遡ったり、前の巻と重なる時間であっても別の視点から描いたりしているのが「横の並び」である。末摘花巻は、若紫巻より以前のことと、若紫巻より以後のことが書かれているので、「竪の並び」であると同時に、「横の並び」でもある。宣長説では、「源氏ノ君、十八歳の春より、十九の正月まで」。

6―2　巻頭文……夕顔の再来を求めて

末摘花巻は、夕顔巻の翌年から始まる。光源氏は、夕顔のような魅力的な女性が、再び自分の前に現れてくれないかと願っていた。

『湖月抄』の本文と傍注

思へども、なほ飽(あ)かざりし夕顔の、〽露におくれし程の心地を、年月(としつき)経(ふ)れど、おぼしわすれず。ここもかしこも、うちとけぬかぎりの気色ばみ（そのけしき見ゆる心也）、心深きかたの御いどましさに、けぢかく（夕顔の事也）、なつかしかりしあはれに、似るものなう、恋しくおぼえ給ふ。

［湖月訳］

この巻は、夕顔巻が終わった翌年から始まる。光る君は、夕顔という女のいとおしさを、今も忘れられないでいらっしゃる。愛しても、いくら愛しても、どんなに深く女を愛しても、それでも十分な愛し方をできなかった夕顔という女が、露が消えてしまうように、目の前で命を終わってしまった無念さ、やるせなさを、どんなに時間が経過してもお忘れになれないのである。「時雨(しぐれ)つつ梢々(こずゑこずゑ)のうつるとも露におくれし秋は忘れじ」という歌が思い合わされる。

とは言っても、夕顔が死んでから、まだ半年くらいしか経っていない。けれども、光る君には、夕顔のいない世界で、自分一人だけが長く生かされている、という悲しみがおありになるのだった。

むろん、光る君の恋愛対象である女性は、あちらこちらに、たくさん、いることはいる。だが、彼女たちは、心から光る君に打ち解け、心を許すことはない。変に気取って、光る君との恋愛遊戯を繰り広げることに熱中している。戦場ではないが、男と女のどちらが、より本気で相手を愛するかという戦いを挑んでくるのである。そういう意識の強い女たちとの恋愛遊戯に疲れると、光る君は、彼女たちとは違って、夕顔が無条件で男を受け容れる親密感があり、なおかつ、男の心を引きつける、比類のない魅力に富んでいたことを、しみじみと、恋しく思われるのだった。

[宣長説]

去年の秋に夕顔と死別して、翌年の春に、「年月経れど」とあるのは、変ではないかと、ある人から問われた。けれども、『源氏物語』では、こういう書き方は、よくある。胡蝶巻では、玉鬘が去年の冬に六条院に迎えられ、翌年の春に、「かく年経ぬる」とある。蜻蛉巻や浮舟巻にも、同様の書き方がなされている。

なお、ここの末摘花巻からしばらくの巻は、詳しい注釈を書くことができない。『湖月抄』には読み誤りが多い。そのいくつかは指摘するけれども、指摘しなかったからと言って、『湖月抄』が正しいわけでは無い。これまでの巻々に対して、私が行った誤読の指摘を参照して、『湖月抄』を疑いながら読み進めてほしい。

［評］『湖月抄』は、末摘花巻の冒頭（発端）と、「年月（としつき）へだたりぬれど、飽（あ）かざりし夕顔を、つゆ忘れ給はず」という玉鬘巻の冒頭（発端）の類似を指摘している。『湖月抄』は、この玉鬘巻に関して、「末摘花巻では、夕顔に似た人を求める気持ちが光源氏にあって、それが末摘花の登場につながった。玉鬘巻では、新たに造営された六条院には、夕顔が生きていたら迎えられただろうという気持ちから、夕顔の遺児・玉鬘が登場した」と述べている。卓見である。

6―3　光源氏、末摘花の容貌を見る……例外的な容貌の描写

光源氏は、亡き常陸の宮の忘れ形見である末摘花に関心を抱き、頭中将と挑み合いながらも結ばれる。ところが、引っ込み思案の末摘花は、一向に光源氏に心を開かない。光源氏の不審は、次第に高まってゆく。そして、雪の朝になる。末摘花と共に夜を過ごした光源氏は、ついに彼女の顔を見届けた。

「引目鉤鼻」のような類型的な容貌描写が多い中で、この場面は例外的に写実性に富んでいる。

［『湖月抄』の本文と傍注］

からうじて明けぬる気色なれば、格子手づから上げ給ひて、（心もとまらぬさま也）（源氏の也）

前の前栽の雪を見給ふ。踏みあけたる跡もなく、はるばると（とふ人なきさま也）

荒れわたりて、いみじうさびしげなるに、ふり出（い）でてゆか〔末摘のもとをふり捨て出で給はんも心ぐるしき也〕んこともあはれにて、「をかしきほどの空も見給へ。つきせぬ御心（みこころ）のへだてこそ、わりなけれ」と、うらみ〔末摘を也〕聞こえ給ふ。まだ、ほの暗（ぐら）けれど、雪の光に、いと清らに〔源の御さま也〕、若う見え給ふを、老人（おいびと）ども、笑（ゑ）みさかえて見奉る。「はや、出でさせ給〔ここに伺候の人々申す也〕へ。あぢきなし。心うつくしきこそ〔上臈はこころうつくしきこそよけれと也〕」など、教へ聞こゆれば、さすがに〔末摘也〕、人の聞こゆることを〔上臈のさま也〕、え否（いな）び給はぬ御心（みこころ）にて、とかう引きつくろひて、ゐざり出で給へり。見ぬやうにて〔源也　末摘の体を也〕、とのかた〔外の方也〕をながめ給へれど、しりめは、ただならず。「いかにぞ。うちとけまさりの、いささかもあらば、うれしからん」とおぼすも、あながちなる〔草子地也〕御心（みこころ）なりや。

まづ、〔是より末摘の有様を云へり〕ゐだけの高う、をぜながに〔悉皆俳諧に書けり〕見え給ふに、「さればよ」と胸つぶれぬ。うちつぎて、〔これに継ぎては、と云ふ心也〕「あな、かたは〔片輪也〕」と見ゆるものは、御鼻なりけり。ふと、〔源の也〕目ぞ留（と）まる。普賢菩薩（ふげんぼさち）の乗物（のりもの）とおぼゆ。あさましう高う、〔鼻高〕のびらかに、〔ながき心也〕先のかた少し垂（た）りて、色づきたること、ことのほかにうたてあり。色は、〔末摘の顔色也〕雪はづかしく白うて、さをに、〔小青也　あをき也　あまりに白き物はあをくみゆる也〕額つき、こよなうはれたるに、なほ、下（しも）がちなるおもやう〔面の様体也〕は、大かた、おどろおどろしく長きなるべし。

痩せ給へること、いとほしげにさらぼひて〔饒（サラボヒ）也［荘子］　やせつまりたる也〕、肩のほどは、いたげなるまで、衣（きぬ）の上（うへ）まで見ゆ。

「なにに〔源の心也　何にしに、など云ふ心也〕、残りなう見あらはしつらん〔末摘のさまを也〕」と思ふものから、めづらしきさまのしたれば、さすがに、うち見やられ給ふ。かしら〔頭〕つき、かみ〔髪〕のかかりばし〔助語也〕も、うつくしげにて、めでたしと〔源のよき人とみ給ふ〕思ひ聞こゆる人々〔藤壺・葵上など也〕にも、をさをさおとるまじう、袿（うちき）〔女の装束也〕のすそにたまりて引かれたる程、「一尺（いつしやく）ばかり、あまりたらん」と見ゆ。

［湖月訳］

光る君は、雪の夜、末摘花の屋敷を訪れた。だが、女は極度の引っ込み思案のためか、または、風流を理解しないためなのか、光る君の問いかけに対しても、何の応答も示さない。

やっとのことで、退屈で長い夜が明け、外が明るくなってきた気配が感じられた。光る君は、自ら格子（こうし）をお上げになって、お庭の植木に降り積もった雪を御覧になる。

このお屋敷には誰も訪れる人がいないのだろう、雪を踏み分けて道を作り、誰かがそこを通ってきたという痕跡は、まったくない。見渡すかぎりの庭が、荒れ放題なので、寂しさの極致である。

光る君は、一刻も早く、この屋敷を離れたく思う一方で、寂寥をきわめる屋敷に住むしかない末摘花を、見捨てるかのように去ってしまうのを、不憫（ふびん）に感じられる。それで、末摘花に向かって、「ほら、空の雰囲気が、とても風情（ふぜい）がありますよ。庭の近くまで出て来て、私と一緒に御覧になったらいかがですか。いつまでも、私に心を開かず、引き籠（こ）もってばかりだと、困ってしまいます」と、不満を口にされる。一つには、明るい所で、彼女の顔を見てみたい、と思われたからでもある。

あたりには、まだ暗さが残っているのだけれど、雪の光で明るく感じられる。その雪明かりに照らされた光る君のお顔を、ふだんよりいっそう若々しく、清らかだと、末摘花に仕える女房たちは見とれている。老いた女房たちは、光る君のお姿を見ると、冬の寒さや自分たちの貧しさも忘れて、満面の笑みを浮かべている。

老女たちは末摘花に、「姫様、さあさあ、こちらにお出ましくだされ。引っ込んでばかりでは、よくありません。姫様のように身分の高い女性は、素直に人の意見に従うのがよろしいのですよ」と、教え諭(さと)している。末摘花のほうでも、皇族の宮様を父にしているだけに、おっとりした性格で、光る君や女房たちから言われたことを拒否することはなさらず、少し時間をかけていろいろ身づくろいを終えてから、膝行(しっこう)しながら部屋の庭近くまで、進んでこられた。

光る君は、外の庭のほうに目を向け、近づいてくる末摘花を見ないふりをしておられる。顔は、女のほうには向けずに、目だけは、ちらっちらっと、末摘花の顔を御覧になるのだった。「これまで見たことがなかったけれども、この女の素顔は、どういうものなのだろうか。暗い所の手探(てさぐ)りでは、あまり美形ではないと思われたけれども、近くで詳しく観察したならば、思った以上の美形だった、ということはないだろうか。もし、少しでも良いところがあれば、うれしいのだが」と思われる。

語り手の私が言うのも何ですけれども、これは、無理な願いというものです。

光る君が最初に気づいたのは、女が座っていても顕著な、身の丈（たけ）の高さである。背中の長さが、何とも長い。「思った通り、平均以下の女だった」と、予想は裏切られなかったものの、予想よりもさらに悪い容姿だったので、ひどく落胆される。

背丈の高さに継（つ）いで、「ここが、何ともよくない」と見えるのは、女の鼻なのだった。光る君の目は、そのお鼻に吸い寄せられた。仏像になっている普賢菩薩（ふげんぼさつ）は、象の上に乗っておられるが、女の鼻からは、その象の鼻が連想された。とんでもなく高い鼻が、象の鼻のように長くて、先っぽがすこし垂れ下がっている。しかも、その鼻の先が、赤く色づいているのは、まったくもって見るに堪（た）えがたい。

女の肌の色は、庭に降り積もっている雪も顔負けなほど、真っ白である。肌があまりに白いので、青みを帯びているようにさえ見える。顔の上半分は、額（ひたい）が、はなはだ広々としており、顔の下半分は、いわゆる「下（しも）ぶくれ」で、上半分よりも長い。上半分と下半分を合わせると、この女の顔全体は、恐ろしく長いのだろう。

体つきは、痩せている。ただ痩せているのではなく、見ている者が哀れを催すほどに、痩せさらばえている。肩のあたりには、肉が付いておらず、服を着ていてさえも、かわいそうになるくらいに貧弱で、みすぼらしく見える。

なお、このように末摘花の容貌を、ことさら滑稽に描写したのは、この箇所が、「物語の誹諧」ないし「物語の俳諧」であって、読者を笑いの渦に巻き込み、緊張感を緩和させる創作手法だからである。

　さて、光る君は、女の醜い素顔を、はっきりと見てしまったことを、後悔なさる。「どうして、ここまで、あからさまに見てしまったのだろうか」と思いつつも、これまでに見たこともない女の顔かたちなので、「もう見ないようにしよう」と思っても、ついつい、見てしまわれるのだった。

　すると、一点だけ、この女の長所が発見できた。頭のかたちや、髪の毛の端が切り揃えてあるようすが、美しい。光る君が、「美しい髪の女性だ」と思っている藤壺や葵の上と比べても、髪の毛だけはほとんど劣ってはいない。とても長いので、着ている袿の裾のほうにも余って、ぐるぐると引きずっている。「一尺あまりも、余っている」と見える豊かな髪である。

　なお、「髪の下がり端しも」の部分は、「髪の下がりはしも」とも読むことができる。「しも」は、強めの助詞であるが、「下がり端」という名詞に「しも」が付いているのか、「下がり」という名詞に、「は」「しも」という助詞が付いたのか、二つの解釈がなされてきた。

［宣長説］

宣長説は、少ない。「をぜながに」に関して、宣長は「をせなかに」と、濁らずに読むのがよい、と主張している。「背中が長いのではなく、背中が、たわんで曲がっているようすを表している。長いだけだったら、光源氏が、胸がつぶれるほど驚きはしないだろう」というのである。ただし、宣長の弟子たちからも、「この説には無理がある」と、批判されている。

［評］「物語の誹諧」という言葉は、中世の物語研究者が発見した、物語の分析用語である。たとえば、細川幽斎（ゆうさい）は、『伊勢物語』の中で、意図的に笑いを喚起することを目的とする場面構成がある、とする。第二十三段（筒井筒）で、高安（たかやす）の女が、手づから杓文字（しゃもじ）を持って飯を盛る場面や、第六十三段（九十九髪（つくもがみ））で、高齢の女が年甲斐もなく若い美男子を好きになる場面などである。『源氏物語』にも、このような「物語の誹諧」がある。好色な老女である源典侍（げんのないしのすけ）、個性的な容貌の持ち主である末摘花、早口でまくしたてる近江の君などである。

藤壺や女三の宮の密通などの深刻な場面の中に、このような「物語の誹諧」が挿入されると、読者は、ほっとする。緩急を付けるための工夫が、この「物語の誹諧」なのである。

『湖月抄』の著者である北村季吟は、松永貞徳に師事した俳諧師であり、「俳諧」を大成させた松尾芭蕉の師でもある。季吟は、「誹諧・俳諧」の効能を熟知していた文学者だった。

6—4　末摘花邸の門と松……貧しさの描写

光源氏は、末摘花の顔を見届けたあと、帰途に就く。その際、門が倒れそうになっていたこと、松に積もった雪が暖かそうに見えたことなどに感慨を催す。

［『湖月抄』の本文と傍注］

御車（みくるま）寄せたる中門（ちゅうもん）の、いといたう、ゆがみよろぼひて、夜目（よめ）にこそ、しるきながらも、よろづ、かくろへたること多かりけれ、いとあはれに、寂しう、荒れまどへるに、松の雪のみあたたかげに降りつめる、山里の心地（ここち）して、あはれなるを、「かの人々の言ひし（源の心也　雨夜物語の事也）、葎（むぐら）の門（かど）は、かやうなる所なりけんかし。げに、心ぐるしく、らうたげならん人を、ここに据ゑて、うしろめたう（心もとなき也）、こひしと思はばや（願ひ給ふ也）。あるまじき物思ひは（藤壺を切に思ひ給ふ心の、それにまぎれんと也）、それにまぎれなんかし」と。（句）「思ふやうなる住みかにあはぬ御有様は、取るべきかたなし」と思ひながら、「我ならぬ人は、（源ならでは末摘のありさまは、）まして、見しのびてんや。（するとげじ、と思ひ給ふ也）わが、かう、見馴れけるは、父みこ（常陸宮也）の、『うしろめたし』（末摘の跡に独りのこりたまへる故也）と、たぐへおき給ひけんたましひ（故宮のたましひのしるしにや、との心也）のしるべなンめり」とぞ、おぼさるる。

［湖月訳］

光る君は、末摘花のお屋敷をあとにするために、牛車をお呼びになる。お屋敷の表門（おもてもん）と寝殿（しんでん）とのあいだには、「中門（ちゅうもん）」がある。この中門を通って、表門から外へ出ようとなさるのだが、光る君の目に入った中門は、老朽化しており、ひどくゆがんで、今にも倒れてしまいそうにぐらついていた。昨夜、寝殿に入った時には、暗かったので、これほどはっきりと破損しているにもかかわらず、目に入らずに済んでいた。昼になると、隠しようもなく、すべてが見えてしまう。

　そういう不具合が、この屋敷にはたくさんある。とにかく寂しく、荒れ果てており、見ていてつらく感じられる。それなのに、松の葉に厚く降り積もった雪だけは、いかにも暖かそうに見える。ここは都の中なのだけれども、山里の雰囲気が濃厚に漂っている。暖かく感じるのは、白い雪が、何となく綿に見えるからかもしれないし、松が雪にも凋(しぼ)まずに緑を保っていられるのは、松の木自体に暖かさが内在しているからかもしれない。

　光る君は、末摘花のお屋敷がかもし出す山里の雰囲気を御覧になって、いくつもの連想をお持ちになる。「帚木巻の『雨夜の品定め』で、左馬頭(ひだりのうまのかみ)が、『まさか、こんな寂しく荒れ果てた家で、こんな素敵な女性が暮らしていたのか、と驚くようなことがあれば、男の心は強く引きつけられるものです』と語っていたな。お屋敷だけだったら、この末摘花のお屋敷には、理想の女がいても、おかしくはない。悲しい境遇を生きていて、自分が守ってあげたいと男に思わせるような女を、このような寂しげな屋敷に住まわせて、自分が通ってこられない時に、女はどうしているのだろうかと、心配しながら、恋しく思う、という恋愛をしたいものだ。今の私は、藤壺様との許されない恋に苦しんでいるが、そういう悩みも、紛れるかもしれない」などと思われる。

また、「荒れ果てた屋敷のありさまは理想的なのだけれども、実際に住んでいるのが、まったく理想の女とは似ても似つかない末摘花では、話にならない」とも思われる。

また、「末摘花の容貌が、あのようであるから、私のように心がけの立派な男であれば、永く関係を続けられるけれども、ほかの男ならば、末摘花には我慢ができないだろう。私が、このように、曲がりなりにも、末摘花との関係を続けていられるのは、彼女の亡き父宮の魂が、自分の死後に一人残される娘の未来を心配して、この屋敷に留まり、娘を守り続け、私という信用のできる男を見つけて、この屋敷の中へと導いてくれたからなのだろう」などとも考えておられる。

[宣長説]

『玉の小櫛』には、この場面で、取り立てて意見は述べていない。また、宣長が所持していた『湖月抄』にも、書き込みはない。

私が座右に置いて参看していて、韋編が絶えてしまった『増註源氏物語湖月抄』（名著普及会、全三冊）は、宣長の説が激減するこのあたりでは、宣長の以後の注釈書である『源氏物語評釈』の説を、多用している。

『源氏物語評釈』の著者は、萩原広道（一八一五〜六三）。岡山藩士で、宣長に私淑した。『源氏物語評釈』は、花宴巻で中絶した。近代にも通じる批評意識が高く評価されている。ただし、『増註源氏物語湖月抄』が載せている広道の説は、『湖月抄』に欠けている説明を補足している場合が多い。これまで見てきたように、宣長の説には、『湖月抄』の解釈を転覆させたいという、大きなエネルギーがあった。

［評］　森鷗外の『文づかひ』は、「ドイツ三部作」の第二作である。その中に、印象的な言葉が見られる。

一月中旬に入りて昇進任命などにあへる士官とともに、奥のおん目見えをゆるされ、正服着て宮に参り、人々と輪なりに一間に立ちて臨御を待つほどに、ゆがみよろぼひたる式部官に案内せられて妃出でたまひ、式部官に名をいはせて、ひとりびとりことばをかけ、手袋はづしたる右の手の甲に接吻せしめたまふ。

ここに、「ゆがみよろぼひたる」とある。「ゆがむ」という動詞、「よろぼふ」という動詞は、それぞれ単独では、しばしば目にする。ところが、「ゆがみよろぼふ」という複合動詞には、まず、お目にかからない。ただ一つ、『源氏物語』末摘花巻を除いては。

つまり、森鷗外は、『源氏物語』の末摘花巻を原文で、おそらくは『湖月抄』で、読んでいたのである。そして、「ゆがみよろぼふ」という言葉を、記憶に刻印した。その言葉が、『文づかひ』に採用されたのである。

また、「松の雪」が「あたたか」そうに見える、という末摘花巻の表現も、後世の文学者に影響を与えている。『源氏物語』の注釈書である『一滴集』を著し、中世最後の大歌人と言われる正徹（一三八一～一四五九）に、次の歌がある。

松の色に夏は涼しく冬の葉に雪つもらねどあたたかに見ゆ

雪ふらばあたたかならむ松のはのことわりしらぬ霜のあさ明け

河風はあたたかならず渡辺や岸に大江の松のしら雪

また、近世の国学の祖とされ、『源注拾遺』という『源氏物語』の注釈書を残した契沖（一六四〇〜一七〇一）に、次の歌がある。

菊にこそ綿はきせしを雪ふればあたたかげなる松のうへかな

これらは、末摘花巻の、この場面を、和歌に詠んだものである。

6—5　光源氏、紫の上と戯れる……明るい「物語の誹諧」

光源氏が二条院で大切に育てている紫の上は、歯黒めをして、眉毛も抜き、いよいよその美しさを際立たせ始めた。光源氏は、早春のある日、紫の上と絵を描いて遊び戯れた。末摘花に関する「物語の誹諧」は、いささか末摘花がかわいそうに感じられたけれども、この場面は明るい笑いで満たされている。

［『湖月抄』の本文と傍注］

〔紫上の、ゑかき給ふ也〕絵など描（か）きて、彩（いろど）り給ふ。よろづに、をかしう、すさび散らし給ひけり。〔源も也〕我も、描（か）きそへ給ふ。〔末摘の姿をかたどる也〕髪、いと長き女を描（か）き給ひて、鼻に紅（べに）をつけて見給ふに、〔末摘の顔を絵に書きても也〕かたに描（か）きても見まうきさましたる。わが御かげの、鏡台（きやうだい）にうつれるが、いと清らなるを見給ひて、手づから、〔源のかほに紅粉をつけて、よきかほさへ見られぬと也〕このあかばなをかきつけ、匂はして見給ふに、かく、よき顔だに、〔よき顔にも赤き鼻のかくてまじらんは見苦しからんと也〕さて、まじれらんは、見苦しかるべかりけり。〔紫也〕姫君見て、いみじく笑ひ給ふ。

〔源の詞也〕「まろが、かく、かたはに成りなんとき、いかならん」とのたまへば、〔紫の詞也〕「うたてこそあらめ」とて、「さもや、〔染着也〕しみつかん」と、あやふく思ひ給へり〔染みつかんかと紫上の危み給ふ也〕。空のごひをして〔源の也〕、「さらにこそ白（しろ）まね〔源の御詞也〕。用無（ような）きすさびなりや。内〔禁中に也〕に、いかにのたまはんとすらん〔のたまはんずらんと云ふ心也〕」と、いとまめやかにのたまふ〔まことしくのたまふ也〕を、「いと、いとほし〔紫の心也〕」とおぼして、寄りて、のごひ給へば、「平仲（へいぢゅう）がやうに〔源の詞也〕、彩りそへ給ふな〔平仲が顔を女の墨にて〕。赤からん〔色どりたれば也〕は、あへなん」とたはぶれ給ふさま、いとをかしき妹背（いもせ）と見え給へり。

日の、いとうららかなるに、「いつしか」と霞みわたれる梢（こずゑ）ども〔霞める梢のいつか花さかんと心もとなきこと也〕、心もとなき中にも、梅はけしきばみ、ほほゑみわたれる、とりわきて見ゆ。階隠（はしがくし）のもとの紅梅、いととく（疾）咲く花にて、色づきにけり。

「くれなゐのはなぞあやなくうとまるる梅の立枝（たちえ）はなつ

源義あらは也　梅は見たけれども此の紅の鼻が見たからぬと也

かしけれど

思ふにかなはぬ心をふくめたる詞也

いでや」と、あいなく、うちうめかれ給ふ。

これは物がたりの作者の詞　末摘の事也　かやうの源の思ひ人達の末いかならんと也

かかる人々の末々（するゑずゑ）、いかなりけむ。

［湖月訳］

末摘花の屋敷で、複雑な思いをした光る君は、二条院に戻って来て、紫の上と楽しい一時を過ごされる。

紫の上は、絵を描（か）き、色を付けてお遊びになる。あれやこれやと、さまざまな物を、興にまかせて書き散らしては、遊んでいらっしゃる。なかなかお上手である。見ていた光る君は、紫の上の絵に、自分でも描き加えられる。

光る君は、末摘花の顔を心に思い浮かべ、目の前の紙に、髪がとても長い女をお描きになる。そして、その女の顔の真ん中にある鼻に、紅(べに)を付けて真っ赤に色づけた。そして、描き終えた絵を、つくづくと御覧になる。末摘花は、実際に逢っても、絵に描いても、あまり見ていたくない、顔付きだった。

光る君は、ふと、部屋の中にある鏡台(きょうだい)に目が入った。そこには、いつ見ても美しく気高い、自分の顔が映っている。光る君は、ふと、紅粉(べにこ)を自分の鼻に塗りつけ、赤く彩ってから、鏡を御覧になる。すると、自分のような美しい顔ですら、鼻一つを赤く塗っただけで、顔全体の調和が崩れ、はたの者も見ていられないような顔に一変してしまう。まして、もともとが美しくない末摘花の赤い鼻は、まったくもって見てはいられない。光る君の顔を、紫の上が見て、ひどく面白がってお笑いになる。

光る君は、「ねえ、私の顔が、こんなふうに、みっともなくなったら、どうしましょうかね」とおっしゃる。紫の上は、「困ってしまいますわ」とお返事されるが、心の中では、「光る君が戯れにお鼻に塗られた紅粉が、肌に染みついて、消えなくなったら困る」、と心配なさる。光る君は、さらに悪乗りして、鼻に塗った紅粉を拭(ぬぐ)うふりをなさるが、実際には拭っていないので、鼻は赤いままである。「おやっ、困ったな。まったく、紅が拭えず、元の白い肌には戻れません。さっき、私が鼻に紅粉を塗ったのは、大失敗でした。この赤い鼻で宮中に参内したら、帝は、私の顔を見て、どう仰せられるでしょうか」と、真顔でおっしゃる。

紫の上は、心底、かわいそうに思われて、光る君の近くに寄ってきて、鼻に塗ってある紅粉を拭い取ろうとなさる。光る君は、紫の上をからかおうと、さらに冗談を口にされる。「あなたは、『平仲』こと、平貞文の話を知っていますか。彼は在原業平と並び称される色好みでしたが、ある女の所に出かけた時に、泣く真似をして、懐に入れておいた硯の水で目を濡らしていたのです。それを見抜いた女は、黒い墨を磨って水の中に入れました。何も知らない平仲が、硯の水を目に塗ったところ、顔が真っ黒になってしまった、という話です。あなたも、その女のように、私の顔に墨を塗りつけてはいけませんよ。赤い鼻の上に黒が交じったなら、もう、そのままにしておくしかないですからね」と戯れをおっしゃる。

この物語の語り手である私は、お二人のやりとりを側で拝見・拝聴していましたが、とてもお似合いの兄妹、いや夫婦に見えましたよ。

今は早春。お日様は、うららと照っている。春霞も立ちこめている。その霞の中の木々の梢は、まだ芽吹いておらず、「いつになったら、花が咲くのだろうか」と、人々の心をやきもきさせている。ところが、その中にあって、梅の花だけは、早くも蕾を赤くふくらませ、綻び始めた花も見受けられる。花が開くことを「ほほえむ」というが、まさに美しい女がにっこり笑っているように思われ、格別の風情である。「匂はねどほほゑむ梅の花をこそ我もをかしと折りてながむれ」（曾禰好忠）という和歌があり、杜甫にも、「索笑梅」（サクショウバイ、梅の笑むを索むる）という漢詩句がある。

二条院の階段には、「階隠」という屋根がある。これは、牛車や輿を寄せるためである。この階隠の近くに植えてある紅梅は、早咲きで、ほんのり、赤く色づき始めている。それを見て、光る君は歌を口ずさまれる。

くれなゐのはなぞあやなくうとまるる梅の立枝はなつかしけれど

（梅の枝が高く伸びているのには、早く赤い花が咲いてほしいと待たれるが、その逆で、
背丈のひょろ長い末摘花の赤い鼻は、まったくもって見たくない。）

光る君は、「ああ、もう、まったく」と、うまくゆかない末摘花との関係に困って、溜め息をつかれるのだった。

さて、この末摘花巻も、ここで終わります。語り手から、読者の皆さんに一言、御挨拶を申し上げます。これまでお話ししてきましたが、光る君と関わった末摘花、そして、紫の上、さらには、そのほかの女たち。彼女たちは、このあと、どうなったのでしょうかね。続きの巻々を、どうぞお楽しみに。

[宣長説]

ここも、宣長説は、少ない。

本文で、紫の上が「寄りて、のごひ給へば」とある箇所は、『湖月抄』の頭注でも問題になっている。藤原定家が校訂した「青表紙本」では、「寄りて、のごひ給へば」とあるが、源光行・親行父子が校訂した「河内本」では、「御硯の瓶の水に、陸奥国紙をぬらして、のごひ給ふ」とある。『湖月抄』の本文は、「青表紙本」の系統であるが、河内本のほうが、平仲のエピソードと、より近くなる。

宣長は、自分が所持していた『湖月抄』に、『万水一露』という注釈書に引用されている『源氏物語』の本文は、「御すずりのかめの水に、みちの国がみをぬらして」とある、と書き込んでいる。

また、光源氏が、紫の上に、「彩りそへ給ふな。赤からんは、あへなん」と冗談を言う場面。「あへなん」は、『湖月抄』にしたがって、「そのままあるべし」「そのまま赤からん」という意味で訳した。現代では、「我慢できる」という意味で解釈されている。「赤いだけだったら、まだ我慢できるが、赤と黒が交じったら、とても我慢できない」というニュアンスである。もし、宣長にもう少し『玉の小櫛』の執筆時間があれば、「あへなん」に関して、『湖月抄』の不備を指摘したに違いない。

［評］宣長の弟子である鈴木朖は、『玉の小櫛補遺』で、面白い見解を述べている。光源氏は夕顔のような女と出会うことを求めていた。そして、末摘花と出会った。もしも、末摘花が夕顔と同じように妖艶な女だったら、単なる繰り返しに過ぎず、何の面白味もない。ここは、夕顔とはまったく別のタイプの女を登場させたのが、優れた創作手法である。

鈴木は、「安排」（塩梅）という言葉を用いている。そして、「安排」の大切さに触れた文章として、『徒然草』第百八十九段を引用する。「一年の中も、かくの如し。一生の間も、また然なり。予てのあらまし、皆違ひゆくかと思ふに、自づから違はぬ事もあれば、いよいよ物は定め難し。不定と心得ぬるのみ、真にて、違はず」という部分である。

この道理を会得していたので、紫式部の『源氏物語』は、読者に「作り事＝虚構」であることを忘れさせ、人生の真実を映し出していると感じさせるのだ、と鈴木は感心するのである。

もしも、兼好と『徒然草』を嫌悪し、『玉勝間』で罵倒した宣長が、この鈴木腴の文章を読んだら、どう反応しただろうか。

おわりに

ＮＨＫラジオ第二の「古典講読」の令和六年度は、「名場面でつづる『源氏物語』」というコンセプトで、私が『源氏物語』を担当できることになった。ＮＨＫの大河ドラマの波及力は大きく、数々の『源氏物語』入門書が出版されている。

顧みれば、私自身は、『源氏物語』を原文で読むことに失敗し続けた、永い挫折の歴史を持っている。それを踏まえ、自分が、この物語の扉をどのようにして発見し、扉を開き、豊饒な物語の中へ招き入れられたのか、その原点に立ち戻りたい。

私は、読書がすべてである文学少年であり、文学青年だった。ところが、ただ一つ、難攻不落の文学作品があった。それが『源氏物語』だった。

高校時代には、文語文法を徹底的に叩き込まれ、古文のテストでは、ほとんどが満点だった。ところが、『源氏物語』から出題されると、なぜか大きく失点するのだった。私は概説書を読んでいたので、この物語の巻ごとのストーリーも、主要人物の名前も、暗記していた。だから、テストで出題された文章が、どういう場面から切り出され、その前後はどういう内容であるかも知っていた。歴史の勉強も好きだったので、『源氏物語』の歴史的背景も知っていた。にもかかわらず、減点されてしまう。

『源氏物語』は自分に不向きではないか、と思うようになった。世界に誇る傑作である『源氏物語』が読めないようでは、文学を研究する資格が自分にはないと思い、法学部に進学できる東京大学文科一類に入学した。

文科一類で教養教育を受けつつ、諦めの悪い私は、文学部への進学を模索していた。そのためには、古典中の古典である『源氏物語』を、原文で読めるようにならなくてはいけない。そこで、現代語訳から入る道がないのかと思い、数々の現代語訳にチャレンジした。ちなみに、「谷崎源氏」は、高校時代に中公文庫で挫折済みだった。何と、帚木巻の「雨夜の品定め」の途中で、脱落したのである。

大学生になって、「円地源氏」に挑戦した。手触りの滑らかな単行本で、玉鬘十帖の途中まで読んだ。挿入されている和歌の扱いに疑問はあったが、面白く読んだ。けれども、「この物語のどこが、どのように、世界に誇る傑作なのだろうか」という壁が、私の前に立ちはだかっていて、「円地源氏」では壁を打破できないと思い込み、またしても、私は「扉」を見つけそこねた。

ただし、副産物はあった。私は、短歌と和歌に開眼したのである。その結果、『新古今和歌集』を愛読した。

二年間の教養課程が終わり、専門学部に進学しなければならなくなった時、私は文学部に進学する勇気がなかった。そこで、法学部に進学した。

それでも、諦めの悪い私は、『源氏物語』に執着したままだった。なぜ、自分には、『源氏物語』への扉が、閉ざされたままなのだろう。自分に『源氏物語』の原文が読めない理由がわかれば、自分は、文学への未練を捨てることができる。そう思って、法学部三年生の時に、他学部聴講で秋山虔先生の『源氏物語』演習に参加した。

受講者は十五人くらいだったと記憶しているが、その中に、経済学部から他学部聴講で参加している学生がいた。彼は、「谷崎源氏」に感動して、この物語のことをさらに知りたくて演習に参加した、と自己紹介した。秋山先生は、不思議そうな顔をされ、「谷崎源氏を最後まで通読して、何か違和感を感じませんでしたか」と聞き返された。

自己紹介の順番が回ってきた私は、「自分には『源氏』が読めません。原文で読むには、どうすればよいか知りたくて、受講しました」と正直に答えた。すると、先生は、うなずいて、「『源氏』は自力では読めませんよ。『湖月抄』をお買いなさい。版本は高価だけれども、活字本があります。それでも安くはありませんが、これで『源氏』を読めるようになれば、高くはない買い物ですよ」とおっしゃった。すぐに、私は、『湖月抄』を、神田神保町の古本屋で購入した。

次の週のゼミの時に、四年生が、桐壺巻の冒頭部分を発表した。私は、四ページか五ページは進むだろうと思って予習してきたのだが、何と、わずか四、五行で、講義時間が終了したのである。昭和五十一年当時は、教養科目は九十分、専門科目は百十分の講義時間だった。百十分かけても、わずか数行しか進まなかったのには、仰天した。

四年生の発表者は、一つ一つの言葉、一つ一つの文章に関して、調べることの可能な古注釈書をすべて調査し、この言葉の解釈には、A説とB説の二通りがあります。それぞれの根拠は、これこれです。自分は、こちらの説が良いと思います。その根拠は、……、というスタイルで、発表したのである。

私は、手許に『湖月抄』を持っていたので、「この発表者が行った膨大な古注釈書の調査と検証を、『湖月抄』は既に江戸時代に済ませていたのだ」と理解できた。

思えば、それが、私が『源氏』の原文を理解できるようになった「扉」なのだった。「原文を読む」ということは、「原文だけを辞書を頼りに読み、自分の頭で理解できるようになる」ことではなかったのである。『湖月抄』を通して、難攻不落の『源氏物語』の原文に挑み続けた先人たちの研究成果に耳を傾け、それを検証して、自分の読み方を決定する。言わば、「注釈と一緒に原文を読みながら考える」ことが、『源氏』を読むことなのだ。

この物語に魅せられてきた過去の偉大な読者たちと「共同・協力」して、この物語の生命力の秘密に迫ること、それが、『源氏物語』を読むことなのだった。『源氏物語』は、書かれてから千年以上が経過している。つまり、千年以上も、読者が途絶えることがなかった。千年の読者たちと共に読むことで、我が国の文化の本質も、文化の歴史も見えてくる。私にとって、『源氏物語』への扉は、日本文化全体への扉だった。

翌年、私は、法学部四年生になる道を放棄して、文学部三年生に転学部した。それからは毎年、秋山先生の『源氏物語』演習で発表するたびに、研究の厳しさを、先生から教わった。私が「イニシエーション」という文化人類学の用語を用いて、須磨・明石巻について発表したあとで、「『源氏』のどの文章を、どのように読めば、あなたのような結論になるのですか。これまでの長い『源氏』の研究史の中に、あなたの解釈はどのように位置づけられますか」と反問された時の衝撃は、今も覚えている。

また、鎌倉時代から始まった『源氏物語』の研究史において、まだよくわかっていない箇所について、「これから、自分なりに研究して、卒業論文で解決したい。まずは、この言葉を用いている『源氏物語』以前の古典作品を見つけ、それを突破口にしたい」と意気込んで発表したところ、「これまで、千年間、偉大な先人たちが、一生を賭けて研究し続けても、なおかつ、見つからなかった解決策が、あなたには一年か二年でわかると思っているのですか。もっと謙虚な気持ちで立ち向かいなさい」とも指導された。

もう半世紀近く昔の演習であるが、今、思い出しても、尊い師恩であった。先生のご指導への自分なりの回答が、その後の私の人生だった。

秋山先生ご自身は現代語訳がお好きではなかったが、三度、『源氏物語』を訳された。「日本古典文学全集」、「完訳日本の古典」、「新編日本古典文学全集」の三度である。「谷崎源氏」にも「円地源氏」にも挫折した私ではあるが、「完訳日本の古典」の秋山虔訳は、最後まで通読できた。先生の訳文が、「古注釈書の読みの蓄積」に支えられているからである。文語文を口語文に置き換えるという、本来は不可能な作業であっても、実際にこの物語に立ち向かって読んできた読者たちの試行錯誤の蓄積を踏まえれば、現代の読者の心に響く訳文が紡ぎ上げられる。
私が花鳥社から刊行している「新訳」シリーズ、そして、本書から試みる「湖月訳」は、自分なりに見出した古典新訳の方法論のつもりである。秋山先生の学恩に、心から感謝します。

紫式部の『源氏物語』の素晴らしさは、自分の人生を安易に語らない点にある。自分を語ることに中心を置く『枕草子』の清少納言とは、対照的である。この「おわりに」は、自分について語りすぎており、反省しきりである。

そうは言いつつ、もう一つ、ここに記しておきたいことがある。NHKラジオ第二の「古典講読」を初めて担当することになって、『更級日記』を読み始める三か月前に、父・島内三郎が死去した。そして、『源氏物語』を読み始める三か月前の今年一月に、母・島内惠美子が死去した。両親には、法学部から文学部に移る際に、『源氏物語』研究を通して日本文化に貢献するつもりだと、今から思えば無謀な約束を交わした。二人とも、私の生き方を認めてくれ、遠くから見守ってくれた。

父が突然に倒れてから、母が亡くなるまでの五年間半は、コロナ禍の中で、東京と佐世保を往復する日々だった。苦しい体験だったけれども、人間の心について、そして、人間の生と死について、認識を深めることのできた五年間半だったと信じている。『湖月抄』に流れ込んでいる注釈者たちの学説は、戦乱と混乱の中で、祈りのようにして唱えられたものだった。私も、それなりの苦悩と共に、未来への希望を本書にこめ、世の中に送り出したい。

この本を、無参了然居士と直指恵運大姉に捧げます。

なお、ここで、本書の装幀について、その意図を述べておきたい。

私が最初に単行本を出版したのは、三十二歳の時だった（ぺりかん社『御伽草子の精神史』）。装幀は、編集者の橋本愛樹さんだった。それ以来、六十八歳の現在まで、毎年のように著書を刊行してきた。装幀を担当してくれたのは、編集者だったり、プロのデザイナーだったりした。

今回の『湖月訳 源氏物語の世界』は、全六冊を予定しているが、私の研究者人生の集大成であると位置づけている。これまで以上に記念となる装幀にしたいと、強く望んでいた。その希望が、「榛原（はいばら）の千代紙を用いる」という本書の装幀として実現したのは、心からの喜びである。

私は『源氏物語』や『伊勢物語』の研究者である。だから、それらを美術化した絵巻類や色紙類は、たくさん見てきた。むろん、それらは感動的であり、だからこそ多くの『源氏物語』や『伊勢物語』関連書の表紙を飾っている。

ところで、本書では、紫式部が十一世紀に創作した『源氏物語』が、その後も、それぞれの時代に最も必要とされる読み方をされることで、いつの時代にも「現代文学」として蘇ってきた秘密に触れようとしている。

美術でも、同じようなことが起きている。近世に描かれた俵屋宗達の『蔦の細道図屏風』や尾形光琳の『燕子花図屏風』を見る時に湧き上がってくる感動は、『伊勢物語』の世界が現代人の感性にも適合することを再確認させてくれる。『源氏物語』や『伊勢物語』の文学世界を、琳派の画家たちは見事に美術化し、近代化している。そのような美術で本書を飾りたいというのが、私の心からの願いだった。

本書の「はじめに」では、森鷗外の妹である小金井喜美子の思い出を紹介した。喜美子は、浅草にあった「須原屋」という本屋で、『湖月抄』の版本を購入して『源氏物語』の扉をくぐり、愛読した、と回想している。須原屋は、江戸時代を代表する出版元であり、森鷗外の蔵書が寄贈されている東京大学附属図書館の「鷗外文庫」にも、須原屋の版本が多数所蔵されている。鷗外文学の到達点である『渋江抽斎』などの史伝の根本資料である『武鑑』も、須原屋から出版されている。

本書の校正を手伝ってくれた妻が、校正しながら、「須原屋と言えば、榛原とつながりがあるのよ」と、教えてくれた。妻は、文京区の森鷗外記念館に出かけることが多く、ミュージアム・ショップに置かれている、榛原の便箋に目を留めていた。同館で開催された「鷗外の見た風景」展などでも、鷗外が榛原の便箋を気に入っていたこと、妻の森しげや、娘の森茉莉が、榛原の製品を愛用していたことなどが紹介されている。偶然、今年の二月に、三鷹市美術ギャラリーで、「HAIBARA Art & Design　和紙がおりなす日本の美」展を見たばかりでもあった。

小金井喜美子が『湖月抄』を購入した「須原屋」は、浅草茅町にあった「須原屋伊八」の店であろう。日本橋の書物問屋「須原屋茂兵衛」で支配人を務めた須原屋佐助が独立して、文化三年（一八〇六）に創業した榛原を引き継いだ。榛原は、明治初期に世界各地で開催された国際博覧会に出品して、高い評価を得た。

この榛原の「小間紙（こまがみ）」（千代紙）に接した時に私が覚える感動は、琳派の美術作品を見た時に覚える感動と、きわめて近い。『源氏物語』や『伊勢物語』の世界そのものではないが、古典の「雅び」の精神が近代に蘇ったら、こうなるのではないか、と思われる世界なのだ。生きることの喜びが、ここにはある。しかも、日常の中に入り込んでいる。ちなみに、江戸琳派の酒井抱一が描いた絵も、榛原から団扇となって出ている。

六冊の『湖月訳 源氏物語の世界』の装幀に榛原を用いる根底には、『湖月抄』と榛原が、どちらも人々の感受性と響き合い、暮らしの中で広く受け入れられてきたという共通点があある。

本書では、「桜」がモチーフの「榛原千代紙【亀二号】桜」で、カバーを飾った。「桜」と言えば、日本文化のシンボルであるが、『源氏物語』の中では、紫の上が最も愛した花である。桜の花が咲き誇る北山(鞍馬山)で、光源氏に見出された十歳の紫の上は、「桜の精」そのものだった。

次巻以降も、古典のみずみずしさを象徴する榛原の千代紙と共に、世の中に送り出したい。中村修氏をはじめ、榛原の皆さん、ありがとうございました。

本書でも、橋本孝氏と江尻智行氏の共同作業が実現した。『源氏物語』の扉を探し求めた私の研究者人生も、いよいよ最大の切所（せっしょ）に差しかかっている。編集の橋本氏は、「同志」を越えて、年齢を超越した「友」である。今回は装幀のことで私の強い希望を受けとめてくれた橋本氏の友情に、心から感謝します。

また、橋本氏に替わって花鳥社の社長に就任された相川晋氏にも、感謝します。組版については、トム・プライズの江尻智行氏の、多大なご尽力をいただいた。『湖月抄』の本文に「傍注」を添えたい、加えて「左ルビ」も振りたいという私の切実な願いを、江尻氏は見事に実現してくださった。心の底から感謝しています。ありがとうございました。

二〇二四年三月四日　母の忌明けの日に

島内景二

島内景二（しまうち・けいじ）

一九五五年長崎県生

東京大学文学部卒業、東京大学大学院修了。博士（文学）

現在　電気通信大学名誉教授

二〇二〇年四月から二年間、ＮＨＫラジオ第二「古典講読・王朝日記の世界」を担当。二〇二三年四月から再び「古典講読・日記文学をよむ」を担当。二〇二四年四月から「古典講読・名場面でつづる『源氏物語』」を担当。

主要著書

『新訳建礼門院右京大夫集』『新訳更級日記』『新訳和泉式部日記』『新訳蜻蛉日記　上巻』『王朝日記の魅力』

『新訳紫式部日記』『新訳　うたたね』『新訳　十六夜日記』『和歌の黄昏　短歌の夜明け』（共に、花鳥社）

『塚本邦雄』『竹山広』（コレクション日本歌人選、共に、笠間書院）

『源氏物語の影響史』『柳沢吉保と江戸の夢』『心訳・鳥の空音』（共に、笠間書院）

『北村季吟』『三島由紀夫』（共に、ミネルヴァ書房）

『源氏物語に学ぶ十三の知恵』（ＮＨＫ出版）

『大和魂の精神史』『光源氏の人間関係』（共に、ウェッジ）

『文豪の古典力』『中島敦「山月記伝説」の真実』（共に、文春新書）

『源氏物語ものがたり』（新潮新書）

『御伽草子の精神史』『源氏物語の話型学』『日本文学の眺望』（共に、ぺりかん社）

歌集『夢の遺伝子』（短歌研究社）

湖月訳　源氏物語の世界　I

［名場面でつづる「源氏物語」］

二〇二四年四月三十日　初版第一刷発行

著者……島内景二

発行者……相川　晋

発行所……株式会社　花鳥社

https://kachosha.com

〒一〇一‐〇〇五一　東京都千代田区神田神保町一‐五十八‐四〇二

電話　〇三‐六三〇三‐二五〇五

FAX　〇三‐六二六〇‐五〇五〇

カバー装画……千代紙「日本橋 榛原」©提供

組版……江尻智行

印刷・製本……モリモト印刷

ISBN 978-4-86803-001-0 C1095

和歌の黄昏　短歌の夜明け

好評既刊　島内景二著

歌は、21世紀でも「平和」を作りだすことができるか。
日本の近代を問い直す！

「『古今和歌集』から日本文化が始まる」という新常識のもと、千四百年の歴史を誇る和歌・短歌の変遷を丁寧にひもとく。「令和」の時代を迎えた現代が直面する、文化的な難問と向かい合うための戦略を問う。江戸時代中期に興り、本居宣長が大成した国学は、平和と調和を祈る文化的エッセンスである「古今伝授」を真っ向から否定した。『古今和歌集』以来の優美な歌では、外国文化と戦えないという不信感が『万葉集』を復活させたのである。強力な外来文化に立ち向かう武器として『万葉集』や『古事記』を持ち出し、古代を復興した。あまつさえ、天才的な文化戦略家だった宣長は、「パックス・ゲンジーナ」（源氏物語による平和）を反転させ、『源氏物語』を外国文化と戦う最強の武器へと組み換えた。これが本来企図された破壊の力、「もののあはれ」の思想である。だが、宣長の天才的な着眼の真意は、近代歌人には理解されなかった。『源氏物語』を排除して、『万葉集』のみを近代文化の支柱に据えて、欧米文化と渡り合おうとする戦略が主流となったのである。

序章　早わかり「和歌・短歌史」

Ⅰ　和歌の黄昏

1　和歌は、異文化統合のシステムだった　2　皆殺しの短歌と、「四海兄弟」の和歌　3　中島広足と神風思想　4　三島由紀夫は、和歌文化を護ろうとした　5　蓮田善明の「反近代」、そして「反アララギ」　6　「もののあはれ」という暴力装置　7　赤穂浪士たちの仇敵は、源氏文化だった　8　本居宣長の「大和心」と「大和魂」　9　明治天皇と「大和心」　10　近藤芳樹と『源氏物語』　11　橘守部による和歌の大衆化　12　香川景樹と「原・もののあはれ」　13　江戸の文人大名と『源氏物語』

Ⅱ　短歌の夜明け

14　現代短歌は、いつから平面化したのか　15　短歌の物語性と批評性の母胎は、漢語である　16　正岡子規と『源氏物語』　17　正岡子規の「歴史」詠　18　短歌と新体詩の距離　19　大和田建樹の新体詩の戦略　20　落合直文は、なぜ「折衷派」なのか　21　樋口一葉は旧派歌人だった　22　森鷗外の和歌と小説　23　翻訳詩の功罪……上田敏の『海潮音』　24　在原業平になりたかった男……与謝野鉄幹　25　「西下り」した女業平……与謝野晶子　26　佐佐木信綱と古典文学　27　佐佐木信綱の『新月』　28　『まひる野』と、窪田空穂の「神」　29　若山牧水のあくがれた「城」と「国」　30　若山牧水と『伊勢物語』　31　若山牧水と古典和歌　32　原阿佐緒の『涙痕』を読む　33　北原白秋と『小倉百人一首』　34　北原白秋『桐の花』と、「もののつれづれ」　35　「もののあはれ」と革命……石川啄木　36　斎藤茂吉『赤光』と「もののあはれ」　37　島木赤彦『切火』と、近代文語　38　伊藤左千夫と日露戦争

終章　「もののあはれ」と日本、そして世界

おわりに……「令和」の祈り

Ａ５判、全３４８ページ・本体２８００円＋税

新訳 建礼門院右京大夫集

好評新刊 島内景二著 『新訳シリーズ』

『建礼門院右京大夫集』は恋の思い出をもっとも美しい言葉で書き綴った古典文学だと思います。思い出す、忘れない、記憶しつづけることで、かつての恋人は命を失ったあとも右京大夫の心の中で生きつづけます。思い出に生きた建礼門院右京大夫という女性が亡くなった後も『建礼門院右京大夫集』という作品が残りました。この作品を読むことで、右京大夫の心の中の大切な思い出は世々に残され、読者に伝わり、蘇ります。『建礼門院右京大夫集』という作品を少年時代に愛読した文学者に三島由紀夫がいることを紹介いたしました。「玉刻春（たまきはる）」という小説に『建礼門院右京大夫集』の和歌が引用されているのでした。三島は「たまきはる」を書き上げた直後に「世々に残さん」という小説を書いています。これは『建礼門院右京大夫集』の跋文に記されている定家の歌にあった言葉ですね……。昭和の太平洋戦争に直面した男女が、この作品、『建礼門院右京大夫集』を愛読した事実は思い出という人間の行為のリアリティと崇高さを物語っています……NHK「古典講読」最終回より

はじめに……『建礼門院右京大夫集』への誘い
Ⅰ　上巻の世界　0標題～41高倉院、崩御─上巻の終わり
Ⅱ　下巻の世界　42平氏一門の都落ち─下巻の始まり～64俊成九十の賀／65跋文／奥書
おわりに

四六判、全582ページ・本体2700円＋税

新訳 十六夜日記

好評新刊　島内景二著　――作者の体温がいきいきと伝わる『新訳』シリーズ

『古事記』以後、明治維新まで「古典文学」が生まれ続けた「古典の時代」の中間点を阿仏尼は生きた。『十六夜日記』以前と以後とで、日本文学や日本文化は異なる様相を呈している。

文学とは何か。日本文学、いや、日本文化の要となっている「和歌」とは何か。そのことを、突き詰めて考えたのが『十六夜日記』である。中世文化は、藤原定家から始まった。……その定家の子（後継者）である藤原為家の側室が、阿仏尼だった。定家を水源として流れ始めた中世文化のながれは、為家の時代で二条家、京極家、冷泉家という三つに分流した。その分流の原因となったのが、阿仏尼にほかならない。その意味でも『十六夜日記』は、日本文化の分水嶺だと言える。

本作は阿仏尼五十五歳の頃の日記。亡夫、為家の遺産を我が子に相続する訴訟のため、都から東海道をくだって鎌倉に下向した旅を描く。苦悩も絶望も、阿仏尼はわたしたち現代人となんと似通っていることか。

はじめに……『十六夜日記』への誘い　Ⅰ 私はなぜ、旅人となったのか　Ⅱ 惜別の賦
Ⅲ 東海道の旅の日録　Ⅳ 鎌倉と都との往復書簡　Ⅴ 勝訴を神に祈る長歌と反歌　Ⅵ
裏書　あとがき

四六判、全310ページ・本体2200円＋税

王朝日記の魅力

好評新刊　島内景二 著

本書はこの数年に公刊した『新訳更級日記』『新訳和泉式部日記』、『新訳蜻蛉日記　上巻』の姉妹版です。NHKラジオ放送と連動してそれぞれの全文の現代語訳は果たされたが、放送では話されたものの既刊3冊には含まれていない台本を基にして書き下ろされたものです。

三浦雅士氏評『毎日新聞』2021年10月23日「今週の本棚」掲載　〈古典が現代に蘇るのはなぜか〉

名著である。記述新鮮。冷凍されていた生命が、目の前で解凍され、再び生命を得て動き出す現場に立ち会っている感じだ。道綱の母も孝標の娘も和泉式部も、生身の女性として眼前に現われ、それぞれの思いをほとんど肉感的な言葉で語り始める。ですます調ではないが、もと放送用に書かれたからかもしれない。だがそれ以上に、著者が女たちに共鳴し、それが読者にまで及ぶからだと思える。

『蜻蛉日記』中巻、『更級日記』、『和泉式部日記』の三部から成る。目次を見て、なぜ『蜻蛉日記』の上巻からではなく中巻から始まるのか、などと訝しく思ってはならない。中巻は『蜻蛉日記』作者の夫・兼家らの策謀によって、醍醐帝の皇子で臣籍降下した源高明失脚の安和の変から始まる。藤原一族の外戚政治が決定的になった事件である。この兼家の子が道隆、道綱、道長なのだ。

言うまでもなく、道隆の娘・定子が一条帝に嫁した後宮で清少納言の『枕草子』が書かれ、同じ帝に嫁した道長の娘・彰子の後宮のもとで紫式部の『源氏物語』が書かれた。『源氏物語』が、その心理描写において、いかに『蜻蛉日記』の影響下に書かれたか、言葉遣いはもとより、人間関係の設定そのものに模倣の跡が見られることが、記述に沿って説明されてゆく。しかも、『源氏物語』に死ぬほど憧れたのが『更級日記』の作者・孝標の娘であり、彼女は道綱の母の姪にほかならなかった。

まるで、ある段階の藤原一族がひとつの文壇、それも世界文学史上まれに見る高度な文壇を形成したようなもの。さらにその孝標の娘が、『夜の寝覚』『浜松中納言物語』の作者である可能性が高いと著者は言う。読み進むにつれて、それは間違いないと思わせる。『浜松中納言物語』に描かれた輪廻転生が三島由紀夫の「豊饒の海」四部作まで流れてくるわけだが、日本語の富というほかない。日本文学は、一族が滅ぼしたその相手側の悲劇を深い同情の念をもって描く美質をもっていることに、あらためて感動する。

むろん、すべて周知のことだろうが、これまでは独奏、室内楽として読まれてきた日記や物語が、じつは巨大なオーケストラによる重厚な交響曲の一部にほかならなかったことが明かされてゆくのである。その手際に驚嘆する。

この手法はどこから来たか。著者には、古典現代語訳のほかに、『北村季吟』『三島由紀夫』という評伝があってその背景を窺わせるが、とりわけ重要なのは、評伝執筆後、雑誌『日本文学』に発表された評論「本居宣長と対話し、対決するために」である。十年ほど前の作だがネットで読める。季吟、宣長、橘守部三者の、王朝語に向き合う姿勢を対比して、古代がイデオロギーとして機能してゆくそのダイナミズムを論じたものだが、最後に浮き彫りにされるのは現代あるいは現在というものの重要性というか謎である。

小林秀雄『本居宣長』冒頭は折口信夫との対話の様子から始められるが、印象に残るのは「宣長は源氏ですよ」と別れ際に語った折口の一言。著者の評論は、この小林と折口の対話の焦点を理解するに必須と思えるが、それ以上に、本書『王朝日記の魅力』の淵源を端的に語る。王朝文学が21世紀の現在になぜ生々しく蘇るのか、その謎の核心に迫るからである。

四六判、全490ページ・本体2400円＋税

新訳うたたね

好評新刊　島内景二著　『新訳』シリーズ

……阿仏尼が若き日の「恋と隠遁と旅」を物語のように書き紡いだのが『うたたね』という作品だった。『うたたね』は、阿仏尼が藤原為家と出会った頃に書き始められ、完成したのだろう。『うたたね』の最初の読者は、あるいは為家だったのかもしれない。『源氏物語』を咀嚼しているだけでなく、『源氏物語』の注釈研究を自家薬籠中のものとし仰せた阿仏尼の輝かしい才能を、為家は深く愛したのではなかったか。為家の愛を勝ち取るために、阿仏尼は、『源氏物語』を武器として、懸命に運命と戦ったのである。為家の愛は、文学に向けられていた。阿仏尼は、美しい文学を生み出せる、稀有の才能の持ち主だった。その証しが、『うたたね』である。

はじめに……『うたたね』への誘い　Ⅰ　北山を出奔……ある恋の終わり
Ⅱ　西山と東山での日々……籠もりの果てに
Ⅲ　東下りと帰京……ある旅の記録　あとがき

四六判、全２２０ページ・本体１８００円＋税

新訳紫式部日記

好評既刊　島内景二著『新訳』シリーズ

『源氏物語』作者は、どのような現実を生きていたのか。

……私は、文学的な意味での「新訳」に挑戦したかった。すなわち、「批評としての古典訳」の可能性を開拓したかったのである。これまでの日本文化を踏まえ、新しい日本文化を切り開く、そういう「新訳」が必要だと思い続けてきた。

『紫式部日記』の本文は……現在の研究の主流である黒川本ではなくて、群書類従本を使うことにした。それは、黒川本だけでは解釈できない箇所が、いくつも残っているからである。ならば、日本の近代文化を作り上げた人々が、実際に読んできた「群書類従」の本文で読みたい、と思う気持ちが強くなった。むろん、黒川本と違っている箇所には、できるだけ言及するつもりである。

『紫式部日記』では、一条天皇の中宮である彰子に仕えた紫式部によって、日本文化が一つの頂点に達した十一世紀初頭の宮廷文化の実態が、ありのままに記録されている。そこに、『紫式部日記』の最大の魅力がある。

——「はじめに」より

はじめに…紫式部と『紫式部日記』への誘い　Ⅰ　日記（寛弘五年・一〇〇八年）　Ⅱ　日記（寛弘六年・一〇〇九年）　Ⅲ　ある人に宛てた手紙（消息文）　Ⅳ　日記（寛弘七年・一〇一〇年）　あとがき

四六判、全552ページ・本体2400円＋税

新訳蜻蛉日記　上巻

好評既刊　島内景二著　『新訳』シリーズ

『蜻蛉日記』を、『源氏物語』に影響を与えた女性の散文作品として読み進む。
『蜻蛉日記』があったからこそ、『源氏物語』の達成が可能だった。作者「右大将道綱の母」は『源氏物語』という名峰の散文作品の扉を開けたパイオニアであり、画期的な文化史的意味を持つ。

はじめに　『蜻蛉日記』への誘い　Ⅰ　序文　Ⅱ　天暦八年（九五四）　十九歳　Ⅲ　天暦九年（九五五）　二十歳　Ⅳ　天暦十年（九五六）　二十一歳　Ⅴ　天暦十一年＝天徳元年（九五七）　二十二歳　Ⅵ　応和二年（九六二）　二十七歳　Ⅶ　応和三年（九六三）　二十八歳　Ⅷ　応和四年＝康保元年（九六四）　二十九歳　Ⅸ　康保二年（九六五）　三十歳　Ⅹ　康保三年（九六六）　三十一歳　Ⅺ　康保四年（九六七）　三十二歳　Ⅻ　康保五年＝安和元年（九六八）　三十三歳　XIII　跋文

四六判、全４０８ページ・本体１８００円＋税

新訳更級日記

好評既刊　島内景二著　『新訳』シリーズ

安部龍太郎氏（作家）が紹介——「きっかけは、最近上梓された『新訳更級日記』を手に取ったことです。島内景二さんの訳に圧倒されましてね。原文も併記されていたのですが、自分が古典を原文で読んできていなかったことに気づきました。65年間もできていなかったのに〝今さら〟と言われるかもしれませんが、むしろ〝今こそ〟読むべきだと思ったんです。それも原文に触れてみたい、と」……

『サライ』（小学館）2020年8月号「日本の源流を溯る〜古典を知る愉しみ」より

「更級日記」の一文一文には、無限とも言える情報量が込められ、それが極限にまで圧縮されている。だから、本作の現代語訳は「直訳」や「逐語訳」では行間にひそむモノを説明しつくせない。「訳」は言葉の背後に隠された「情報」を拾い上げるものでなければならない。踏み込んだ「意訳」に挑んだ『新訳更級日記』によって、作品の醍醐味と深層を初めて味読できる『新訳』に成功。

第2刷出来　四六判、全412ページ・本体1800円＋税